MINEURE

Né en 1949, d'origine bretonne, Yann Queffélec s'initie à l'écriture en lisant en secret les manuscrits de son père, le romancier Henry Queffélec. Il entame sa carrière d'écrivain à l'âge de 32 ans, avec une biographie : *Béla Bartók* et reçoit le prix Goncourt en 1985 pour *Les Noces barbares*. Depuis, il a publié de nombreux romans et recueils de poèmes.

Paru dans Le Livre de Poche :

LES AFFAMÉS
L'AMANTE
L'AMOUR EST FOU
LA DÉGUSTATION
MA PREMIÈRE FEMME
MOI ET TOI
LE PLUS HEUREUX DES HOMMES

YANN QUEFFÉLEC

Mineure

ÉDITIONS BLANCHE
MICHEL LAFON

© Éditions Blanche / Éditions Michel Lafon, Paris, 2006.
ISBN : 978-2-253-12224-1 – 1re publication LGF

À ma fée Mojito

La chair est triste, hélas…

MALLARMÉ

I

J'ai besoin d'en parler, d'expliquer pourquoi je vais quitter Claire après ce qui m'est arrivé. Claire, c'est ma femme et je l'aime bien, beaucoup, j'y tiens comme à la prunelle de mes yeux. C'est ma vie. Nous avons un couple d'enfants, Diane et Chloé, des jumelles, vingt ans à elles deux. Nous sommes juristes, Claire et moi, chacun sa partie. Je défends les intérêts des grands ports de plaisance internationaux, Monaco, Saint-Tropez ou Ibiza, face aux plaisanciers véreux, des crapules dorées. Claire, elle, soutient la veuve et l'orphelin, elle obtient des pensions et des rentes. Un fromage et même un double fromage. Côté finances, on ne se plaint pas. Nous sommes propriétaires de notre villa sur les hauteurs de Bois-Colombes, d'un chalet à Méribel, d'un cabin-cruiser avec anneau sur la Riviera, sans oublier les deux voitures dont une BM diesel turbo, ma chère petite Harley spéciale Far West, et Claire devrait hériter sous peu d'un grand oncle d'Armorique, parfaitement. Comme dit ma femme, on est les plus heureux et je la crois.

Le bonheur, dis donc, quelle connerie d'en parler. Le bonheur, c'est de la fermer quand on est heureux, motus.

Chez nous la fidélité conjugale est un principe sacré, jamais trahi jusque-là. Est-ce tromper quand au bout du monde, entre deux ti-punch ou tequila-boum, on ne dit pas non, on ne dit pas oui, et faut-il s'en vanter en rentrant au bercail ? C'est ça la vérité d'un amour, ce coup de poignard ?

Le décalage horaire ignore l'adultère, à mon avis. D'ailleurs ma femme, imaginons qu'elle aussi, en voyage... Mais qu'est-ce que je raconte, moi ! N'imaginons rien s'il vous plaît. Surtout pas Claire attirée par un autre que moi, sujette à des pulsions étrangères à ma peau, l'horreur ! On est bien tous pareils, les gars, prêts à pleurer comme à tuer pour qu'elles n'éprouvent jamais ces envies d'un soir qui nous font leur mentir en plein visage, mon amour, et jurer sur la Croix ou les enfants mort-nés...

Nous couchons ensemble une fois par semaine, un rite précieux comme la messe, un besoin mécanique. C'est peu, j'en conviens. Le minimum vital. Au bout de vingt ans, il est des ménages qui ne couchent plus ou qui couchent ailleurs, ou qui se font plaisir autrement. Le prêt personnalisé, vous connaissez ? L'échange personnalisé, ça vous dit ? À moi non. J'aime trop Claire pour désirer l'échanger au cours d'une séance à plusieurs, et pas assez pour être plusieurs à moi seul, chaque jour, chaque nuit, toute la vie, c'est bon ! c'est bon ! c'est bon ! Est-ce ça, l'amour, cette grimpette à répétition du corps de l'épouse ? Ce perpétuel ahanement ? Ces records d'impudeur ? La jouissance, à la longue, n'est-elle pas un cri d'horreur, l'aveu hurlé de l'inexistence du paradis, fût-il charnel ?

On fait plutôt bien l'amour, Claire et moi. Ce « plutôt bien » signifie que l'amour a déserté l'orgasme dominical. Un orgasme, pas deux. Préliminaires abrégés, plénitude machinale, commentaires oiseux : c'était bon ? Comme au premier jour, et toi ? Le panard… Que voulez-vous, la routine est passée par là, et ne comptez pas sur moi pour vous parler clitoris ou vagin, vous vous croyez où ? Je respecte la mère des jumelles, qu'elle m'excite encore ou non.

À quarante ans, Claire est d'ailleurs jolie, gaulée comme une reine. Elle se fait draguer dans la rue par les jeunes et ses clients lui balancent des textos fumants. La douceur de sa peau, le pointu des seins dans la douceur des mamelles de Claire. Douceur est ma femme sous les doigts, avec un ventre de jeune fille qui n'aurait pas eu d'enfant, comme s'il eut échappé à toute croissance et tiraillement du fruit.

Quand je la vois passer devant moi, au réveil, le corps souple, la peau tendue, les tétons blottis sous le peignoir, gagnant la douche, j'ai honte. Je me dis : comment ça se fait que je ne la désire plus, elle est canon. Et si ce n'est pas une question de plastique ou d'âge, c'est quoi ? C'est quoi, ce putain de mystère du désir qui vous jette au cou des blondasses les plus ordinaires, le pieu vibrant, et vous laisse froid le long d'une épouse de rêve à qui vous avez juré la lune et les grands dieux alentour, jadis, pour être le seul à lui sucer la pulpe entre les orteils, à ouïr son cri d'amour – et juré que pas un cri, pas un orteil, pas une vulve au monde ne vaut la sienne, chérie, d'où ce désir qui ne prendra fin qu'avec moi, qu'avec nous...

Et si, pauvre mec, il prend fin tout seul, il est mort, tu baises un cadavre, avec toi ça fait deux.

Claire me dit :
– Tu ne me désires plus.
Réponse :
– Comme au premier jour, et toi ?
Elle regarde ailleurs :
– Moi, tu sais très bien...
C'est vrai, où avais-je la tête, je sais.
Pourtant, lisez la presse féminine. Écoutez-les s'épancher, nos contemporaines. À les en croire elles sont comme nous, des foutraques, des compulsives, des tireuses folles, des corps lancinés par ces rages qui nous font battre le sang dans la veine phallique, à nous les coyotes de la baise en ville ou dans les champs. Et sur-

tout pas de sentiments, les mecs, pitié, c'est ce qu'elles clament à tout-va, pas d'amants qui roucoulent et commencent à jeter leur dévolu, pas de femmelettes. Elles aiment les durs, elles sont dures, amazones, garces, au suivant... Vous voulez mon avis ? Elles en rajoutent un brin voire un max, elles nous mènent en bateau, les nymphos, les hystéros, les dingos qui suivraient leurs émotions en enfer, à coups de fouet, les tueuses de santé, les chevalières de l'adoration priapique, tout ça fait partie du zoo sexuel où la libido va trifouillant du groin, mais l'immense majorité des femmes attend l'amour fou, comme dans la chanson, l'amour-toujours-d'un-homme-un-seul.

À l'amoureuse on dit : sois fidèle ou j'en mourrais. Mais nous prend-elle au mot on lui en veut, on s'en lasse, on la méprise, on la trouve bobonifiée par l'habitude érotique entre deux pot-au-feu, par le string du dimanche après la messe, on ne sait plus comment s'en dépêtrer, d'une pareille moniale, ça rend méchant : « Salope, tu ne m'as jamais trompé ! Casse-toi ! »

Claire de soupirer, penaude :

— ... Je t'aime, je te désire, c'est pareil.

Pas pour nous, chérie, c'est un peu différent vois-tu... Comment t'expliquer ? Ne pas t'expliquer ? J'en ai des frissons. Moi qui peux convoiter aujourd'hui n'importe quelle femme excepté la mienne que j'aime tant, excepté toi.

Vous savez tout. Nous couchons ensemble avec plaisir mais sans désir. Pour empêcher que l'amour se défasse en nous. Pour éviter que se prenne le pli de n'être plus des amants mais des frère et sœur, des mère et fils, un couple d'amis partageant cordialement les mêmes draps. Nous couchons pour ne pas découcher, tiens, et nous barrer chacun de son côté, avec chacun sa jumelle. Pour ne pas nous séparer un jour en tout bien tout honneur. Et l'esprit secourant l'instinct, je ne couche plus avec ma femme sans rêver d'une autre, une de ses copines en général, par exemple Zoé, la désirable maman de la petite Sibylle, son mari la trompe, il ne la touche plus depuis des années, l'ordure – si c'est pas Dieu possible un pareil colis !

II

Voilà comment cette poussière du destin m'est entrée dans l'œil jusqu'à me pourrir le cerveau. C'était un dimanche après-midi, au tennis. Tout douché que je fus à l'eau froide, je ruisselais de sueur. Je venais de fournir un gros effort sur le court, en double mixte. Je ne pensais pas qu'on aurait à sauver six balles de match et qu'on l'emporterait grâce au revers névrotique de ma partenaire imposée, le miracle, une baballe exténuée flageolant sur la bande de filet, hésitant comme à la roulette espagnole entre sol y sombra, pour finalement se laisser choir à notre avantage, sans rebond, irrattrapable.

À Bois-Colombes, on est un petit groupe d'amis qui jouons au Tennis Club du Bois adossé, comme son nom l'indique, à la forêt. C'est un rendez-vous quotidien après le boulot, avant l'apéro. On vient taper la balle avec celui qui veut bien la taper, et la courtoisie veut que le joueur de bon niveau ne snobe pas le joueur de niveau plus faible. Le double est la formule en vogue auprès des seniors, ma catégorie. Si l'adultère n'est pas monnaie courante, au club, la nature humaine y est aussi faillible qu'ailleurs et certaines femmes sont réputées légères, certains messieurs brillants partenaires de simple mixte, en chambre s'entend. Leurs histoires ne m'intéressent pas, échangisme primaire, coucheries.

L'endroit est agréable, ombragé par des tilleuls, silencieux hormis le bruit gourmand des balles. Il ne comprend pas moins de neuf courts en brique pilée, dont le plus proche du club-house, allez savoir pourquoi, est appelé CENTRAL. Derrière le club, les vestiaires consistent en un baraquement de rondins coupé en deux.

HOMMES

FEMMES

La cloison qui les sépare est mince, des planches debout, on entend rire, on entend l'eau ruisseler à côté. Il doit bien se trouver un interstice par où jeter un œil sur ces dames et demoiselles. Elles aussi, faisant de même, pourraient s'intéresser à nos mâles nudités dont certaines, je l'avoue, sont velues que c'en est répugnant.

C'est là, dans ces fichus vestiaires que tout a commencé en juin dernier, après le tournoi de fin d'année, une compétition bon enfant réservée aux familles. Un grand repas marocain sous les tilleuls clôture ce championnat où le sport est un prétexte aux libations.

Pas pour moi. Je suis un vrai sportif qui n'a pas vu le temps passer. Confronté à un joueur jeune, je me bats comme si j'étais encore aussi vert que lui. Bien m'en prend car cette année, j'ai gagné. En simple homme, en double hommes, en double mixte. Et c'est peu dire que j'ai ramé pour ce dernier match. Me faisait cruellement défaut ma coéquipière attitrée dans la vie comme au tennis et partout – ma femme, blessée en volleyant, une talonnade à ne plus faire un pas. Pour la remplacer, elle m'avait collé dans les pattes la première raquette féminine à se présenter : Sibylle, une gamine tout juste adolescente, un « bébé d'amour » comme l'appelait Zoé, sa pulpeuse maman, bébé d'amour elle aussi.

On était en quart de finale, avec la demi-finale à suivre en cas de victoire. J'aurais bien déclaré forfait, ce double étant surtout pour moi l'occasion d'exhiber un couple uni devant mes amis du club. Je partais pour l'Australie le surlendemain et j'avais plusieurs choses à régler, un billet d'avion à changer, mais le match se jouait sur le central et les gradins étaient pleins, ça l'aurait fichu mal.

J'ai dit :

– Super, Sibylle, on va leur flanquer la pâtée.

À peine si je la remettais, une brave gosse un peu timide à laquelle, un jour, j'avais payé son Fanta orange au distributeur.

Elle m'a fait un sourire inquiet :

– Je ne sais pas servir en l'air.

– On est partenaires, maintenant, alors on se tutoie, je m'appelle Michel, d'accord ? Et pour le service tu n'auras qu'à engager par en dessous, à la cuillère, ça les rend fous.

— Et pour les revers ?

— N'essaie même pas d'y toucher. Dès que tu vois un revers se pointer, tu cours te plaquer au grillage et tu comptes les mouches.

Elle me fixait dans les yeux, souriante. Aucun doute, on allait perdre. Elle était armurée d'un jogging noir marqué DALLAS et ses chaussures faisaient pitié, les chaussures de son père ou de son grand-père, des péniches.

— Un peu couvrant, ton gilet pare-balles, il fait chaud, on prévoit des pics à trente-cinq degrés… Tu vas jouer comme ça ?

Claire lui a prêté ses tennis et sa tenue de rechange, un ensemble Lacoste en microfibres, son cadeau de fête des mères, jamais porté.

Quand Sibylle est revenue des vestiaires, il m'a semblé la voir pour la première fois. Il m'a semblé voir sa grande sœur. Corps de femme, visage d'enfant, j'ai pensé.

Elle avait un ruban vert autour du cou, un piercing à l'oreille, les cheveux miel foncé.

Elle avait la taille haute, les jambes rondes et musclées des adolescentes bien nées, filles de l'amour.

Elle semblait intimidée, rougissante, comme si je la voyais nue.

Je la voyais nue, d'ailleurs, à travers ses petites fringues d'opérette, je devinais sa poitrine épanouie sous le maillot trop serré. Un ensemble harmonieux, j'ai pensé. Et avec ça les yeux verts, comme ma femme. Ça ne devait pas être facile, au collège, on devait se l'arracher.

— Ça va ?

— Ça va, le trac…

Je parvins à détacher mon attention du mini saurien vert ondoyant sur son sein gauche, la queue levée comme un aiguillon.

Je lui tins la barrière métallique du central, après toi.

Elle avait une odeur bien à elle, végétale, vespérale, marine, comme un souvenir.

— Ah, tu n'as plus ton appareil dentaire…

— Ça fait trois ans.

J'étais tout chose, l'esprit déraillé. Une chance que Claire fût partie.

— Je sais, ton père est dentiste, un as du fil de fer.

— Orthophoniste… C'est maman, les dents.

— Les dents, les oreilles…

— La voix, corrigea-t-elle en souriant.

— Quelle voix ?… C'est vrai, la voix, l'orthophonie. J'aime bien ta voix.

Ce fut ma première déclaration d'amour à Sibylle, une gosse qui n'avait pas treize ans. À deux mois près, mais ça change quoi ?

III

Nous avons remporté les deux matchs, contre un tandem de bras cassés pour le premier, de solides renvoyeurs pour le second. Des jeunes et sans doute petits amis dans le privé. Ils se seraient fait hacher plutôt que de monter au filet, estimant que le revers-passoire de Sibylle constituait leur meilleur atout. Fatale erreur, elle nous a sauvés.

La technique est primordiale, au tennis, mais elle sert d'abord à démontrer la supériorité du mental sur le muscle. Quand l'ascendant est pris, l'ennemi s'agenouille. Il n'ose même plus tenter sa chance, avoir les dents pointues, il attend la fin du cauchemar. Nos renvoyeurs ont mangé de ce pain-là. Et j'avoue que le troisième set de ce match au couteau, disputé quant aux deux premiers, fut un régal de mise à mort. Il suffit que Sibylle, mise en confiance par mes acrobaties, ose gagner par deux fois son service à la cuillère, pour semer le doute dans les convictions intimes de l'adversaire mâle et fragiliser un duo qui se voyait déjà nous offrir le pot du déshonneur. Ensuite je n'ai plus eu qu'à faire mon cador, à prouver que je pouvais être partout sur le court où la balle slicée, liftée, crapautée, smashée menaçait nos intérêts, pour que la partie s'achève en beauté sur le score de 8-6, après un revers d'anthologie qui nous plia de rire cinq bonnes minutes, Sibylle et moi, dans les bras l'un de l'autre.

Il était cinq heures du soir et l'on festoyait encore autour des tables dressées dans les allées.

Marocains les plats, français les tubes des années 60 qui tombaient des haut-parleurs.

J'avais bu pas mal de rosé avec mes copains, oubliant la Sibylle. Quand je l'ai retrouvée derrière le grillage du court numéro 2, elle avait remis son jogging DALLAS et ses chaussures bateaux. Elle suivait le double dames opposant mes filles à deux mémères qui visiblement leur apprenaient la vie. Elle encourageait Diane à travers les grillages, lui passait des chewing-gums pour la tonifier.

— On a la finale demain, sois bien à l'heure.

— Et si Claire va mieux ?

— Elle en a pour trois semaines au moins. C'est une vacherie, le talon.

— Ça peut s'arranger dans la nuit.

— J'ai commencé avec toi, je finis avec toi.

Elle a mis un genou en terre pour renouer un lacet et mon cœur s'est arrêté. Comme Alice au pays de merveilles, j'étais hôte involontaire d'un monde abyssal, dangereux, mouvant. Ma vue plongeait dans le tee-shirt jusqu'à la cordelette du pantalon. Je voyais les bonnets d'un soutien-gorge noir à points rouges et la fleur foncée du nombril entre les bonnets. On ne peut pas dire que j'ai détourné les yeux. Je subissais le rayonnement animal de cette vision, apeuré, charmé par ce corps de gamine en sueur miroitant sous un maillot maculé de terre battue.

Elle s'est relevée, j'ai rougi comme un galopin.

– Mon père m'attend, à demain.

Puis vers le grillage :

– Du cran, les jumelles ! C'est des vieilles !

Elle a ramassé son sac de sport et je l'ai regardée s'éloigner vers le club-house. Dans quelques secondes elle entrerait aux vestiaires et quitterait ses vêtements crasseux, elle se doucherait, se shampouinerait, et du vestiaire contigu l'on entendrait l'eau ruisseler et dégouliner sur elle, heureuse d'avoir gagné, pensant à moi.

Je ne me suis rien dit de tout ça, bien sûr que non. J'avais une femme et deux jeunes enfants, j'avais un voyage à préparer. Lorsque j'ai gagné les vestiaires à mon tour je n'avais en tête que le menu du dîner familial. Les jumelles réclamaient une fondue bourguignonne : moi une côte de bœuf me semblait une meilleure idée, par cette chaleur. Comme d'habitude je choisirais à la dernière seconde et je n'aurais pas le courage de peiner mes filles.

En sortant des douches, j'ai entendu un bruit derrière moi, soupir, craquement, les deux. Je me suis retourné. J'avais sous les yeux le mur de planches où subsistaient les vestiges d'une peinture beigeasse. Pour la première fois, m'avançant à pas de loup, j'ai essayé de regarder à côté, chez les filles. J'ai glissé mon peigne dans une fente, obtenant un jour d'environ trois millimètres. C'était désert, silencieux. On distinguait la banquette et les patères de métal marron. Un soutien-gorge noir traînait sur la banquette, un flacon de shampoing renversé luisait. Un no woman's land.

Habillé, j'ai cru bien faire en allant récupérer le soutien-gorge oublié. Je l'ai respiré plusieurs fois. Le parfum corporel de Sibylle après l'effort, une odeur de sueur, une odeur sucrée-salée. J'ai fourré le soutien-gorge dans mon sac. Claire le passerait à la machine avec mes fringues, on le rendrait à la petite demain.

Au dîner nous avons mangé des sardines grillées, cadeau du maire invité à la maison par mes soins. Nous avons empuanti le quartier sans gêner quiconque, le barbecue faisant partie des accords de bon voisinage. On maquereaute et sardine à tour de rôle, à Bois-Colombes, on s'invite à becqueter cette bonne chère océanique aussi festive que malodorante, on picole pour noyer les effluves.

À minuit, le maire nous quittait.

— C'est gentil, ce que tu as fait, m'a dit Claire, laisser jouer Sibylle en double. En plus elle t'a porté chance. C'est fou ce qu'elle a changé. Non ?

— Elle est un peu godiche, mais sympa. D'ailleurs elle ne joue pas si mal.

— Pourquoi godiche ?... Tu n'es pas godiche, toi ? C'est une bête au collège, il est question de lui faire sauter une classe et de l'envoyer à Fénelon. Elle parle grec et latin couramment. Demain on vient vous encourager en bande, il y aura les jumelles et Zoé, alors épatez-nous. Elle t'a rendu ma tenue ?

— Elle veut la donner à laver.

Curieusement, il ne m'a pas semblé du tout naturel de parler du soutien-gorge mélangé dans mon sac avec mes affaires sales. Curieusement, je me suis dit que la soirée finie je le ferais disparaître.

Et curieusement j'ai éprouvé le besoin d'éluder :

— Les jumelles ont joué comme des pieds tout à l'heure... Je suis rétamé, quelle plaie ce voyage... Vous allez me manquer la semaine prochaine, petites femmes de ma vie.

— Ne t'avise pas d'oublier ton portable sinon je débarque à Sydney avec les filles.

— De toute manière tu ne peux plus marcher.

J'étais attendu pour un séminaire de juristes européens dans un palace de la baie de Port-Jackson. Conférences le matin, sorties en voilier l'après-midi, petites incursions en 4 × 4 du côté des aborigènes. En fait, je serais déjà tout bronzé pour partir en vacances avec les miens, à la fin du mois.

— Tu bâilles, a dit Claire, tu ne tiens plus le choc.

— J'ai les genoux en compote.

– C'est moi la blessée et c'est toi qui pleur-
niches… C'est bon, va te coucher, vieux fainéant,
je desservirai.

En montant, je me suis arrêté dire bonsoir aux
jumelles. Ça dormait à moitié, ça chuchotait dans
l'obscurité. Entre les lits jumeaux, sur une table
basse, un carrousel lumineux faisait défiler au pla-
fond les ombres vertigineuses du Petit Prince, leur
chouchou, le maître à bord d'un astéroïde qui pouvait avoir la taille d'une citrouille ou d'une bulle
irisée, soufflée par le cyclope.

– Papa, on t'aime. On a perdu, mais on t'aime.
Et toi, tu nous aimes autant qu'on t'aime ?

– Ça va, les fofolles, on dort.

Je leur ai fait tous les bisous qu'elles voulaient,
des bisous poisson, des bisous baveux, des bisous
pouet-pouet, des bisous chatouilles, des bisous
poussin derrière l'oreille, je leur ai fait les dix derniers bisous, avec le der des ders sur le bout du
museau.

Je m'en allais quand Diane a dit :

– Elle en a de la chance, Sibylle, son père
l'emmène aux îles Marquises.

– Elle n'a pas de chance, a dit Chloé. Ses parents
vont divorcer.

– J'étais là quand elle te l'a dit. Et après, j'étais
déconcentrée, je n'arrivais plus à jouer, c'est pour
ça qu'on a perdu. Son père trompe sa mère avec la
meilleure amie de sa mère.

– Je croyais que c'était maman, la meilleure
amie ?

— Elle a une autre meilleure amie, une chanteuse d'opéra. Et c'est même Sibylle qui les a trouvés dans le même lit, à la campagne.

— C'est un peu comme si papa trompait maman avec la mère de Sibylle.

— T'es pas drôle, ça n'arrivera jamais.

Il y a eu un silence inquiet sous les ombres chavirées du Petit Prince, et j'ai compris que c'était mon tour de parler.

J'ai lancé dans un rire faux :

— Avec la mère de Sibylle ?… Complètement piquées, les filles !

Je me suis revu l'œil collé à l'interstice entre les lattes embuées du vestiaire, fixant un soutien-gorge noir à picot rouge, n'arrivant plus à partir.

— Avec la mère de personne, a dit Chloé.

— Avec la fille de personne, a dit Diane.

— Avec personne, j'ai dit, et maintenant dodo, mes princesses.

Et je suis redescendu à pas de loup récupérer mon sac dans l'entrée, comme s'il contenait la preuve irréfutable d'un crime adultère que je paierais toute ma vie.

IV

La tentation, je connais. Elle vous tombe dessus à l'improviste, et chaque fois il faut s'en dépatouiller. Elle a toujours le délicieux minois d'une inconnue que vous avez très bien connue dans une vie antérieure et qui vous manquait, rien que ça ! Autant d'inconnues, autant de vies antérieures… Et que se passait-il en ces temps absolus quand la tentation grimpait aux rideaux ? C'était l'âge encalminé du paradis, voyons, toutes ces femmes ne formaient qu'une seule bête à bon Dieu, tous ces hommes ne formaient qu'un seul héros, et c'était vous, c'était toi, c'était moi l'heureux veinard de cet orgasme à perpétuité.

Sur terre il y a foule, anguille sous roche et botte de foin, mais la tentation est toujours cette inconnue surgie du néant qui vous met au défi, toutes affaires cessantes, de la posséder en souvenir du paradis perdu, des cris déjà poussés ensemble là-haut, là-bas, éternel retour. Pas de respectabilité qui tienne, de qu'en dira-t-on, de politesse, d'entourage, d'enfants, d'épouse, de mari… C'est maintenant ou jamais, mon cher. À prendre ou à laisser.

D'une seconde à l'autre elle vous écraserait d'un mépris mortel, elle vous tuerait si vous aviez peur.

Plus d'une fois, malgré mon alliance, il m'est arrivé de quitter un dîner précipitamment, de peur de grimper aux rideaux à la suite d'une inconnue aussi baguée que moi.

Plus d'une fois la peur m'a caillé le sang dans les veines, leur mépris m'a tué.

Plus d'une fois, j'ai laissé la vie antérieure se déliter sous mes yeux, la chance filer bredouille.

Mais pas toujours…

Un soir nous dînons à Lisbonne, Claire et moi, un dîner de presse organisé par la ville en l'honneur d'un journal suédois. Un immense couvert est dressé au sous-sol du restaurant Coliséo, fameux pour ses fruits de mer. À ma droite je ne sais qui, à ma gauche Maria, scandinave, rédactrice en chef du magazine *Fashion*, elle fête ses trente ans.

Dans un français lent mais châtié, teinté au vinho verde, elle me dit bientôt qu'on sera plus au calme dans sa voiture et qu'on reviendra tout à l'heure souffler les bougies, on y va ?… J'aperçois Claire au bout de la table, subissant les minauderies d'un vieux ténébreux olivâtre, le genre de frimeur qu'elle exècre. La Maria a les épaules nues, la chair luisante et ronde. Elle embaume la nuit tropicale, un effluve intermédiaire entre banane et cannelle, entre vanille et fin du monde, elle embaume et crève d'excitation. Je suis malade à la pensée de décliner son offre, malade à la pensée du regard de Claire apercevant ma chaise vide. On y va? Ai-je bien entendu? La proposition d'aller faire un tour est noyée de mille autres considérations sur l'époque, les Américains, Ben Laden, le maïs transgénique, la vache folle, ce dîner fou où l'on nous sert du homard fou, surgelé, plastifié en usine à Silicon Valley.

Maria m'a montré son assiette où gisait l'animal intact, carapace vernissée, prunelles noires, puis mon regard incrédule a ripé sur la table, embrassant un spectacle à deux niveaux : dessus, le crustacé pâmé dans son beurre rouge et la main patricienne de Maria tenant un fume-cigarettes, dessous, la nappe soulevée à grands plis comme au théâtre laissait voir une robe entièrement relevée sur une culotte mauve et des jarretelles assorties, et dans la pénombre les cuisses nues vivaient, bougeaient avec lenteur, se serraient, s'ouvraient, s'offraient.

Maria s'est levée. Le sang me battait dans les tempes. Je sentais le regard mélancolique de Claire posé sur son mari, je croyais le sentir. J'avais l'impression qu'elle avait vu par mes yeux les cuisses de Maria sous la table ou qu'elle les voyait bouger dans mes prunelles, et qu'elle souffrait à hurler. J'ai tourné les yeux. Claire ne me regardait pas.

Du temps a passé, je respirais mieux. Ma terrible voisine avait planté son anniversaire aux trente bougies, regagné ses foyers ou la garçonnière d'un beau voyou quelconque au bord du Tage. J'ai brandi mon verre et déclaré : « Santé » à la cantonade. Au loin, Claire a répondu : « Santé, Michel, mais pas trop quand même, fais gaffe… » J'étais soulagé mais horriblement malheureux d'un pareil gâchis.

J'ai bu trois verres de vinho verde, d'affilée, « Santé ». Ma voix s'empâtait, Maria m'obsédait, son parfum me collait aux doigts, je n'en revenais pas qu'elle fût partie. Autour de moi les femmes jacassaient un idiome incompréhensible, anglais, portugais, belge, suédois, elles riaient très fort, et leurs voisins leur donnaient la réplique au même diapason. C'est fou comme un dîner réussi consiste à ne rien dire à tour de rôle et tous ensemble, à pétrir une espèce de brouhaha d'hilarité qui ne laissera aucun souvenir à personne. C'est fou comme un dîner réussi peut être loupé.

J'ai bu le verre de Maria, « Santé ! », j'ai mis son homard dans mon assiette et je l'ai tortoré. Au moins, je me serais fait deux homards dans la soirée.

Elle est revenue s'asseoir et le dîner s'est poursuivi, la mondialisation, le désarroi des jeunes, l'ennui technologique, la banalisation du porno, la vie amoureuse aseptisée par l'Internet, bridée par le sida, les *sex toys*, la libido des grands-mères peroxydées… Et la mienne, alors, de libido, elle va monter quand, dans ce train d'enfer, on la fait quand notre ascension des rideaux ?…

Sont arrivées des assiettes carrées noires où vacillaient d'énormes parts de fraisier dégoulinantes de crème.

34

– On dirait du Gaudí.

J'ai baissé les yeux, je n'attendais que ça.

Dans une même vision voisinaient la charlotte aux fraises et de nouveau les somptueuses jambes de Maria, à cette variante près qu'elle n'avait plus sa culotte, à cette variante près que les cuisses ivoire semblaient s'animer sous la pression du désir, à cette variante près, oui-da !

Nous avons trinqué les yeux dans les yeux. Nous avons bu, elle est partie. On y est, j'ai pensé le cœur fou. J'ai posé ma serviette et regardé sournoisement en direction de Claire. Sa chaise était vide. Elle venait de prendre la place de Maria. Elle me disait que j'avais l'air de m'ennuyer. Elle s'ennuyait, elle aussi, quel dîner à la noix. Elle en avait assez du gros mielleux qui se curait les dents tout en lui labourant les pieds, ce pervers n'avait même pas enlevé ses godasses.

– On part ?

– Déjà ?

– S'il te plaît, Marc, c'est un dragueur.

Nous sommes rentrés à l'hôtel et cette nuit-là j'ai fait l'amour à Claire comme ça ne m'était pas arrivé depuis belle lurette, et peut-être jamais.

Je l'ai traitée de tous les noms, jamais arrivé.

Je l'ai brutalisée, câlinée, rebrutalisée, sanglée avec ma ceinture aux montants du lit, jamais arrivé.

Je l'ai massée, baignée, savonnée, jamais arrivé.

Je l'ai passée au détecteur de mensonges, au détecteur de fantasmes, je lui ai fait avouer qu'elle ne disait pas tout, qu'elle me trompait dans sa tête, forcément, qu'elle avait des rêves secrets, des envies cachées, des souvenirs interdits, des regrets, j'en aurais pleuré, jamais arrivé.

On s'est harcelés comme ça jusqu'à midi.

En m'endormant je me suis juré de retrouver Maria tôt ou tard, mais tôt ou tard n'existe pas en amour, c'est l'instant qui fait tout. J'y pense encore avec désespoir et parfois, couchant avec ma femme, le dimanche, je revois les cuisses nues sous la table, le ventre nu, et j'aime une fille que je n'ai jamais touchée dont l'odeur me hante.

Ah !... Ce détail qui vaut son pesant d'ironie du sort. Quelques mois plus tard, la veste que je portais à Lisbonne est revenue du pressing avec d'autres affaires à moi. Il y avait aussi, corps étranger d'après Claire qui se l'appropria néanmoins, une culotte mauve de la marque scandinave Lena, du 36, taille basse, gansée de broderie anglaise. Un souvenir de Maria, pardi... Ma femme serait-elle allée se renseigner au pressing, je doute qu'on lui eût dit la vérité, à savoir que cette pièce de linge au doux parfum d'adultère inachevé sortait de la poche gauche de ma veste noire en lin. On est discret chez les teinturiers, bon enfant. On a la bosse du commerce, et la paix des ménages est au cœur d'un métier qui a pour mission de faire disparaître les taches, furieux programme.

Quant à moi, j'assume non sans fierté cette tentation suédoise. Je n'y ai pas cédé. Claire m'a sauvé du pire, mais je lui en ai donné les moyens en attendant sagement sur ma chaise et en picolant pour tromper les démons. Quelques secondes auraient suffi pour me changer en monstre d'infidélité. Quelques secondes ont fait de moi un champion conjugal, question d'horaire. Il s'en était fallu d'un rien pour que nous partions ensemble, Maria et moi, et qui sait si nous serions rentrés chez nous.

Vieille connaissance, la tentation, mais jusque-là majeure et vaccinée, millésimée par la morale en cours. Avant Claire, ma plus jeune amie, vingt-sept ans, me faisait l'effet d'un nouveau-né que je refusais d'embrasser dans la rue. Alors imaginez Sibylle, treize malheureux printemps, sinon douze étés pourris. Ce bébé d'amour n'avait jamais que trois ans de plus que mes jumelles. Le papa modèle que j'étais, rigoureux, vigilant, possessif, espérait laminer des rêveries qui l'auraient amené à échafauder une liaison possible, voire officielle, avec cette morveuse aphrodisiaque, eût-elle les plus beaux seins du monde et le cœur embrasé d'un amour infini pour moi.

V

Ces pages, évidemment, sont postérieures à mon histoire avec Sibylle. J'étais encore un esprit serein quand, le dimanche 3 juin 2006, à quatorze heures, j'ai poussé la barrière métallique du court central, chaude, grinçante, étonné qu'elle ne fût pas encore arrivée, craignant qu'elle ait eu mieux à faire que disputer cette finale au côté d'un archivétéran. Elle s'est pointée peu après, honteuse de son retard, tout essoufflée d'avoir couru de l'arrêt du bus au club. Elle avait les yeux battus, l'air malheureux. Je l'aurais bien consolée, mais consoler c'est prendre dans ses bras.

Par-dessus la barrière, je voyais sur les gradins ma femme et les jumelles en train de pomper du Coca sous des ombrelles de papier journal. Elles venaient applaudir leur héros, le mâle dans toute sa candeur, celui qui donne à manger, pare les coups du sort, éloigne les fantômes à coups de balai, met du rire à la maison quand les torchons sentent le roussi, gagne au tennis ou perd, et veut être le meilleur en tout. Je n'avais plus qu'à me surpasser, prouver à cet homme-là qu'il existait.

Nous jouions contre un couple dont lui, volumineux et bedonnant banquier aux oreilles velues, portait des bandages de contention. Elle, visière panoramique de producteur, avait une chair si flageolante accrochée aux os que ni les bras ni les cuisses ne semblaient renfermer de fibres musculaires.

– Je me suis disputée grave avec mon copain.

Elle avait des sourcils châtain clair aux poils bien rangés…

– C'est des choses qui arrivent.

… De longs cils entremêlés, une bouche gonflée d'émotion…

– Il voulait que je reste avec lui cet après-midi.

– Il fallait l'amener. Il a quel âge ?

… Un cou d'ivoire où le bleu des veines affleurait…

– Et moi je voulais venir.

– C'est bien, tu es venue.

… Son souffle court faisait ondoyer le crocodile vert et palpiter les seins. Il exhalait un parfum d'île au crépuscule.

– En fait, je voulais vous voir, c'est pour ça qu'on s'est disputés.

La phrase était un peu curieuse, mais je l'ai gobée sans tiquer. Elle pouvait s'adresser à tous ces braves gens du club, pas seulement à moi.

Nous avons joué notre finale arbitrée par Chloé, et il est apparu que le gros banquier aux bandages chirurgicaux déboulait comme un lapin de garenne, et que sa branlante épouse plaçait sur orbite un lobe dévastateur qui nous fit par deux fois nous télescoper, Sibylle et moi, la joue frottant sur les croisillons rouillés du grillage. En fait, nous n'avons gagné qu'au moyen du subterfuge honteux qui consiste, en double, à laisser le joueur le plus fort mener l'affaire tout seul contre les deux autres, et généralement contre la femme de l'autre ou sa partenaire, on n'est pas moins fair-play.

Plus tard je me justifierais en affirmant que j'avais seulement voulu faire gagner à Sibylle le trophée du vainqueur, une caméra numérique Sony.

Plus tard je dirais que j'avais charitablement mis la pâtée au prêteur sur gages impotent, comme à la prêteuse, pour leur épargner les inconvénients cardio-vasculaires d'un match à rallonge.

Plus tard ça chialerait si fort chez moi, avec un tel ensemble, que je m'y mettrais aussi. On pleure, on s'aime, il faut pourtant se quitter, vendre la maison.

Je n'avais cherché qu'à impressionner Sibylle, constatant qu'elle me regardait servir et volleyer avec ravissement, et le regard des femmes est hélas l'eau vive où je préfère me baigner. Je pourrais y nager jusqu'en enfer, la preuve.

À la sortie du terrain, haletant, suant, de la terre battue plein les cils, les abdominaux cisaillés, je n'avais aucune arrière-pensée concernant Sibylle, mais j'étais au mieux dans ma peau, c'est sûr.

– Tu es en acier, Michel.

– C'est grâce à toi, mon lapin, c'est toi qui l'as signé, ce revers de folie.

La remise des prix s'est déroulée devant le club-house, sous un velum tendu entre les tilleuls. La présidente a fait un discours, j'ai dit quelques mots, rendu un hommage vibrant à nos valeureux perdants, rouge rosbif après un tel pugilat, et j'ai laissé ma jeune acolyte brandir la caméra numérique de la victoire. Comme je l'embrassais pour la remercier, bise rituelle du cavalier à sa cavalière, bise mondaine applaudie par le public, elle s'appuya contre moi, m'enlaçant furtivement, et je sentis sur mes lèvres un souffle brûlant. Quand elle m'eut lâché, j'étais groggy, sûr d'avoir entendu ces mots :

– Je t'adore, Michel, depuis toujours.

Et j'étais sûr d'avoir répondu, pauvre guignol :

– Moi aussi.

C'est quoi, la tentation ? C'est le moment où le corps prend la direction du bonhomme, oublie qui vous êtes, vous et vos sacro-saints principes, les milliers d'heures de fidélité qu'il vous doit, les promesses que vous avez multipliées, les yeux dans les yeux, sourd aux ricanements du démon, protégé par des rires de fillettes et la dévotion familiale au papa gâteau. Il s'en fiche, le corps, il est sensuel, il dit oui quand il veut, ça ne vous regarde pas.

Une âme saine dans un corps obscène, une âme obscène, c'était moi le jour de la finale à Bois-Colombes, le 3 juin 2006.

Le cocktail a duré jusqu'à la nuit mais je n'ai pas revu Sibylle de la soirée. On me disait qu'elle était là, qu'elle y était une minute plus tôt, qu'elle reve-

nait. On me disait qu'on l'avait vue beaucoup télé-
phoner et rire au téléphone, on me disait qu'elle
était partie avec un jeune homme, à moto.

On m'a demandé ce que je lui voulais.

– Moi ?… Rien.

Moi rien, mon corps oui.

Heureusement, le tournoi s'achevait. Demain
soir j'atterrirais au royaume des kangourous.
Demain soir j'aurais oublié Sibylle et son tee-shirt
abyssal, ses lèvres salées, j'aurais oublié son odeur,
son ventre doré, son nombril, ses yeux verts, ses
jolis doigts, demain soir j'aurais bu quelques ti-
punch et tequila-boum…

Nous n'y étions pas et ces mots résonnaient
à mon oreille : « Je t'adore, Michel, depuis toujours. »

Aucun soutien-gorge oublié dans les vestiaires,
aucune savonnette à respirer, aucun message gravé
au canif sur les lattes de la cloison où j'appliquai
mon œil, l'âme en capilotade, visionnant les patères
de ces messieurs et un pauvre imbécile de short à
l'abandon, le mien.

VI

C'était l'heure oblique du chien et loup, un moment piqué de moucherons en suspens. Le gardien passait le jet sur les courts du haut, la clope au bec, sa femme débarrassait les tables désertes, nous étions les derniers à traînasser, les filles et moi.

Comme promis je les ai fait jouer sur le central encore ouvert. Je me suis remis à transpirer. Pas étonnant, avec tout ce que j'avais picolé depuis la fin du match. Le bébé d'amour avait filé comme une voleuse. Plus de Sibylle avant deux mois, ou plus du tout. Depuis toujours, elle avait dit… Depuis sa première raquette, ses premières balles au fronton pourri du club, ses premiers Fanta ? Depuis son premier ruban vert ? Depuis son premier soutif ? Son « depuis toujours » n'allait pas bien loin. Qu'est-ce qu'elle cherchait ?… Pourquoi moi ?… Une fillette séduisant un vieux mâle, démentiel !… Le papa des jumelles, ses copines du mercredi… Elle me prend pour qui ? Et la peur de l'homme, de l'homme vieillissant, le respect des anciens ?… Qu'est-ce qu'elle a lu dans mes yeux, depuis toujours ?… Elle devrait en vomir de rage, cette fêlée… Elle a besoin d'un bon psy ou d'une bonne fessée… J'en parlerai à Claire, elle en parlera à Zoé, pauvre gosse.

On ne voyait plus rien.

– Stop, les filles, ça va comme ça, maman va s'inquiéter, à la douche.

On est tous les trois partis se changer en ressassant nos hantises de joueur de tennis – le revers à deux mains de Chloé, le service de Diane, les petits pas d'ajustement avant la frappe, la frappe en haut du rebond, la chance, toutes ces diaboliques niaiseries qui font qu'une petite sphère emplie d'un gaz dilaté, enrobée de feutre jaune, daigne franchir le mètre dix du filet et reprendre contact avec le plancher des zébus dans les limites signalées par un trait blanc.

– L'orage arrive, on a bien fait d'arrêter.

– Tu dis toujours ça quand tu ne veux plus jouer.

– J'ai senti des gouttes.

– Des gouttes de bière, tu dois bien être à dix grammes.

– Manque de bol, j'ai bu du rosé.

– L'orage, c'est quand maman va s'apercevoir que tu es encore bourré.

C'est une volupté physique inouïe, la douche après l'épuisement du tennis, au summum quand on a disputé plusieurs matchs et qu'on revient du terrain couvert d'un glacis rouge encroûté par les suées, les paupières engourdies, les dents crissantes de brique pilée, la musculature en charpie, la cervelle vidée de toute pensée claire. On a l'impression de mettre le corps à fraîchir comme une denrée périssable qu'il est.

Personnellement, j'ouvre le robinet d'eau froide en grand et, tête levée vers le pommeau, bouche entrebâillée, je ferme les yeux sous l'ondée glaçante, livré au seul plaisir d'être un organisme assoiffé, déshydraté, qui revient au bien-être et savoure chaque parcelle de cette résurrection.

La douche finie, je suis allé me planter sur le caillebotis du lavabo. J'ai frotté la buée du miroir avec mes fringues et posé sur ma personne un regard affectueux. Je m'aime bien après le sport, le bon Dieu m'aime bien, la nature est bien dans ma peau. Après le sport, il me semble que la jeunesse est toujours mon élément. Si je prends de haut la musculature anabolisée, la gonflette au forcing dans les salles de torture appelées fitness, j'apprécie d'être musclé naturellement par la pratique de mon loisir favori, le tennis, le plus solitaire des sports d'équipe. Je n'ai donc pas le sentiment de voler ma silhouette juvénile, sinon athlétique, à l'idéal de narcissisme qui fait fureur sous nos climats américanisés, de sept à soixante-dix-sept ans.

Le soleil m'avait taxé d'un bronzage de clown, comme au pochoir, reproduisant sur ma peau l'empreinte en négatif de ma tenue blanche, sans oublier les socquettes et le poignet d'éponge antisueur. Déjà qu'un homme à poil est un peu ridicule, alors à poil et barbouillé de soleil !…

J'en étais là de mon examen quand, dans les profondeurs du miroir où la buée reprenait l'avantage, j'ai vu par-dessus mon épaule une silhouette passer. Puis j'ai senti deux bras m'entourer et la fraîcheur d'une joue se plaquer sur mon dos trempé.

Sibylle !… La dernière personne que j'aurais imaginé trouver dans les vestiaires pour hommes, avec moi nu comme un poisson. Au loin, c'est-à-dire tout près, j'entendais le pati-pata gazouillant des jumelles à travers la cloison. Si je parlais, elles me demanderaient à qui je parlais ? Si je riais – pourquoi je riais ?

Je me suis retourné, Sibylle s'est retournée avec moi, le visage toujours collé à ma peau. J'ai saisi ses avant-bras pour me dégager mais elle a resserré son étreinte, et ne m'a lâché qu'après m'avoir fait mal, pour me prouver qu'elle aurait très bien pu continuer à jouer les arapèdes. J'ai attrapé ma serviette, et, m'étant drapé, je l'ai raccompagnée dehors manu militari.

– Qu'est-ce que tu fous là ?

Elle souriait, jupe rose, jaquette noire à même la peau, naissance des seins. Elle était aussi troublée qu'amusée par ce tête-à-tête irréel dans ce coin de mauvaise herbe où rouillaient de vieux parasols et une chaise d'arbitre retournée. Elle avait les cheveux humides, et dans la pénombre rougie par l'orage imminent, ses dents brillaient.

Me touchant la main, elle a dit ces mots qui m'ont rendu stupide :

– N'aie pas peur.

Et me voyant stupide elle a dit :

– Personne ne le saura.

Et moi j'ai bredouillé :

– Je pense que tu n'as rien à faire ici.

Je l'ai dit stupidement, d'une voix qui voulait dire : « Ne bouge pas, tu me plais. » Sur un ton qui signifiait : « J'ai peur, je suis fou de toi. »

– On sera discrets, Michel.

– Ciao, bébé, bonnes vacances aux Marquises. Tu as vu les jumelles ?…

Ils brillaient, ses yeux, de gourmandise, et sa main pressait la mienne, et sa bouche attendait un baiser, et si ça continuait elle allait me sauter dessus. Ou ce serait moi.

– C'est notre histoire, a dit Sibylle, elle est écrite.

– Envoie-moi une carte postale de là-bas, Claire collectionne les timbres.

Son odeur dessinait un cercle autour de moi, j'étais fichu.

– Tu as peur, tu as peur de tout même quand tu joues au tennis, même quand tu gagnes.

– C'est ça, vas-y, ton père t'attend.

– Ne me démolis pas.

Elle était livide, elle étouffait d'émotion, elle ne pouvait s'empêcher d'exprimer sa vérité la plus secrète.

– Moi aussi j'ai peur, mais c'est plus fort que moi, que nous.

– Maintenant tu dégages, tu me laisses m'habiller.

— Tu es beau.

Ça nous a fait rire, nous étions haletants, tous les deux, voix rauques, silences prolongés.

J'ai dit :

— Quelle heure est-il ? Tu as l'heure ? Mais quelle heure peut-il être ? Ma femme va me tuer.

— Laisse-nous une chance, a dit Sibylle.

Elle était devant moi sur la marche inférieure du vestiaire, le visage levé. D'une seconde à l'autre les jumelles pouvaient surgir et nous surprendre ensemble, elle avec ses airs défaillants et moi cramoisi, hirsute, serrant tant bien que mal une serviette autour de mes reins.

— Écoute, Sibylle… Sois sympa, va-t-en.

— Qu'est-ce qui t'arrête… mon âge ? Je me fiche du tien, alors fiche-toi du mien.

— Tu n'es qu'un bébé…

— … d'amour, je sais, ton bébé, ton amour.

Avant que j'aie pu continuer, elle se mettait sur la pointe des pieds et m'embrassait, un baiser bref mais suffisamment doux pour que j'en reste abasourdi.

— À plus tard, Michel, tu n'y es pour rien, c'est écrit.

— Appelle-moi après les vacances, on ira boire un lait fraise.

— Depuis toujours, n'oublie pas, ils n'en sauront rien. C'est notre histoire à nous, tu verras.

Puis ces mots d'une voix désemparée :

— Mais comment je vais faire, moi, tout l'été, sans toi ?

VIII

Me croirez-vous si je vous dis qu'à mon retour d'Australie j'avais oublié Sibylle? Il faut croire les gens qui mentent, de peur qu'ils ne fassent plus confiance à personne. Ils ne mentent pas, d'ailleurs, adeptes qu'ils sont d'une vérité supérieure aux mots qui les trahissent, eux-mêmes ne trahissent que des mots.

Sibylle? Je n'avais cessé d'y penser depuis la seconde où nous nous étions quittés, embrassés, votre courageux serviteur se refusant toute incursion linguale entre les dents d'une enfant qui pouvait l'envoyer sous les verrous. Comme si, flairant déjà la paille des cachots, il se voyait au tribunal en train de pinailler – non non, je ne l'ai pas embrassée, entendons-nous...

Le décalage temporel avec Sydney, à quatorze heures de Bois-Colombes en business-class, m'avait dessillé. Il figurait symboliquement l'intervalle monstrueux entre Sibylle et moi. Combien de vies, de fuseaux horaires nous séparaient? Des milliers qui nous situaient chacun sur une planète à part, dans une mémoire à part, un avenir à part. Nous vivions à contretemps, Sibylle au présent futur, moi au présent passé.

À vingt et un mille pieds dans l'éther, je mettais au compte de l'excitation du sport, associée au vin, le trouble faunesque où m'avait jeté son apparition dans les vestiaires. Oser profaner cet antre de la nudité masculine, à douze ans, oser m'attendre devant les douches. Rétrospectivement j'étais horrifié. Cette petite pousse-au-crime aux yeux d'absinthe avait bien failli m'avoir, je m'en pinçais d'incrédulité.

Que serait-il arrivé si les jumelles étaient parties du club avant moi ? Est-ce que vraiment j'aurais envoyé balader Sibylle ? Est-ce que je me serais contenté d'un smack de girl-scout en travers de la bouche ? Est-ce que je n'aurais pas dit de ma voix la plus suave : mon amour de Sibylle, va-t-en, ma chérie, je t'aime trop, ma fleurette, mon amour, tout en l'enveloppant d'une manière telle qu'il eût été du dernier cruel, ensuite, de la laisser repartir aussi vierge qu'à son arrivée.

Est-ce que j'aurais pris la peine de m'enrouler dans ma serviette si je n'avais pas eu peur du scandale ? Est-ce que je n'en voulais pas inconsciemment aux jumelles d'avoir grenouillé dans les parages en attendant leur papounet chéri ? Est-ce qu'il n'était pas moral à mes yeux d'aller vers un corps en appétit du mien : immoral de traiter par le mépris le désir d'une adolescente mue par la sincérité, une fille qui vous a choisi vous et pas un autre, avec l'âge que vous avez, à vos risques et périls c'est bien le moins ?

Tout le temps qu'avait duré le vol Paris-Sydney, cette question m'avait taraudé : quel genre d'homme suis-je, à cinquante-cinq ans, pour dégringoler à la première occasion dans une bluette de fornication que seul un pédophile applaudirait ?

Avec trois ou quatre whiskys sur le cœur, je voyais les choses encore plus simplement. Je n'étais bel et bien qu'un pédophile enfiévré d'une pulsion criminelle, en train de repasser une à une les facettes d'un souvenir que l'imaginaire s'ingéniait à enrichir, hasardant la gamme infinie d'une bacchanale entre Sibylle et moi dans les vestiaires : sur la banquette, sous la douche, contre le lavabo, sur le sol, elle enlevait sa jupe, elle gardait sa jupe, elle déboutonnait sa jaquette, je déshabillais mon bébé d'amour, le rhabillais. Je le maudissais du feu qu'il avait allumé dans mon sang. Pyromanie, pédophilie, nous étions quittes, non ? Je me vengeais en l'aimant tout mon saoul, je me saoulais au whisky.

Et soudain la honte m'avait crucifié.

J'avais eu quatre femmes au cours de ma vie, quatre foyers homologués par l'autorité civile.

On se levait pour me laisser la place assise dans le métro.

L'autre jour, comme je courais au bois, une voix féminine avait lancé : « Plus vite, papy », et j'avais accéléré ma foulée.

Depuis quelque temps, les poils grisonnaient sur ma poitrine, sur mes avant-bras.

Je ne voyais pas mes cheveux blancs, ma calvitie naissante ou croissante, mais les miens les voyaient pour moi, ils en souriaient. Moins de cheveux sur la tête et moins pigmentés, mais en contrepartie cette pilosité sans couleur, témoin d'un penchant naturel au vieillissement.

Mes dents jaunissaient. Mes filles soutenaient qu'elles verdissaient : papa a les dents vertes, on dirait des lasagnes aux épinards. Pour me taquiner bien sûr. Pour m'apparenter à la phalange des petits personnages de plastique ou peluche dont elles encombraient leur lit. Par piété filiale. Je n'aurais jamais pu embrasser une femme ayant des dents de la couleur des miennes.

Ma vue baissait. Au restaurant, je parcourais le menu sans lunettes, pour finalement commander un plat du jour.

Mes filles, je les préférais à la prunelle de mes yeux.

Et puis Claire, mon épouse depuis quinze ans. Elle venait toujours en dernier. La mère de famille.

Je ne l'avais jamais trompée, jamais… Est-ce tromper que regarder sourire une geisha dépoitraillée au fond d'une tasse d'alcool de riz, pur effet d'hologramme qui dure le temps d'une gorgée ou deux ?

Est-ce tromper quand au bout du monde, entre deux ti-punch ou tequila-paf, on devient miraculeusement l'amant d'une autre histoire, une amourette que l'aube aura dispersée en menus morceaux, tels ces papiers chiffonnés que l'on regarde voleter dans le sillage des vieux trains ?

J'avais trompé Claire, si l'on veut, mais de manière exotique, avec des femmes, pas avec des petites filles se prenant pour des femmes. Et quand je revenais à mon passé, j'avais une sacrée trotte à faire pour mettre la main sur la dernière fille de treize ans que j'avais embrassée, un patin détrempé au bal de Carnac parmi les mégalithes. J'avais treize ans moi-même, elle giflait mes doigts baladeurs en m'embrassant, je l'avais suivie sur la plage, elle dégobillait au clair de lune un vomi doré qui schlinguait la vinasse. Et moi j'attendais patiemment qu'elle eût fini pour lui soutirer un deuxième patin.

J'étais un homme d'un certain âge et d'ici peu je serais un homme âgé qui ne voudrait rien en savoir et continuerait de smasher en ciseau, quitte à se rompre les os.

J'étais un homme honnête, pas un désaxé. Je voulais regarder ma femme et mes enfants dans les yeux. Je voulais pouvoir me raser, sans avoir honte et désirer, chaque fois, donner un coup de boule à cet enfoiré de miroir.

C'est remonté sur ma bête que je suis arrivé à l'hôtel Victoria, au sud de la ville, le quartier des affaires. Ma chambre donnait sur la baie. Des skieurs nautiques évoluaient au large et l'on apercevait sous un ciel de nacre les blanches voilures asymétriques de l'opéra, comme un pêle-mêle de cygnes en train d'amerrir.

J'ai téléphoné à Claire. Il était passé minuit à Bois-Colombes. Les jumelles dormaient sous l'édredon conjugal en mon absence, et nos trois chats dessus. Un monde fou. Je t'aime Claire. Je t'aime Michel. Je lui manquais, elle me manquait. J'étais bien plus amoureux de cette femme que je n'en étais conscient au jour le jour, ou quand je l'aimais par devoir familial ou par désespoir, je ne sais pas.

– Rendors-toi, ma chérie. Ton pied?
– Ça boite, mais ça va.
– Je t'appelle demain.
– Quand tu veux.

En défaisant ma valise j'ai retrouvé le soutien-gorge de Sibylle au fond, rangé entre mes deux boxers gris. Je l'avais oublié, celui-là. C'était la meilleure cachette que j'aie trouvée le soir du tournoi. Je l'ai déplié, respiré une dernière fois.

Pour mon malheur, mes yeux sont tombés sur deux étiquettes blanches superposées, cousues près des agrafes. L'une portait la marque Princesse Tam Tam, l'autre les instructions de lavage et sous la dernière, écrit proprement au stylo-bille bleu, on lisait le numéro 06 69 96 69 96 dont vous conviendrez qu'il est enfantin à mémoriser pour un homme doué d'érection.

Et vous conviendrez que j'étais tombé sur une sacrée louloute, une manipulatrice de douze ans. Elle m'avait espionné dans les vestiaires. Elle avait laissé son soutif accroché sur la patère à mon intention. Elle avait fait exprès de m'en exhiber la plénitude en renouant son lacet. C'était elle, probablement, qui s'était proposée pour jouer en double. Mal à l'aise, j'ai fourré le soutif dans ma veste avec l'impression d'empocher les mues d'un serpent mort et je suis parti découvrir la ville.

Au Port-Jackson, j'ai longé une interminable estacade en madriers qui filait plein est, et dont le plancher scintillant de fraîcheur imitait le pont latté d'un navire.

Un mini-phare pointait à l'extrémité, un luminaire rouge vif logé dans un bâti de poutres blanches croisées. Le soleil se couchait derrière moi. Une table d'orientation rayonnait vers la baie. Appuyé au garde-fou, j'ai mis la main dans ma poche et j'ai ricané :

— Un soutien-gorge à la mer !

Non, je n'ai pas plongé pour le repêcher.

Dans la lumière du soir, les bonnets balancés par l'onde avaient l'air d'un couple de canetons jumeaux se laissant dériver mollement vers l'infini. Et bu par l'azur crépusculaire, le nombre d'or de la tentation sexuelle allait bientôt s'effacer pour toujours :

06 69 96 69 96

IX

Nous allions passer le mois d'août à Lanvo, un paradis montagnard au-dessus de la riviera française, entre Nice et Menton. Ne cherchez pas sur la carte, épargnez-vous l'appel au 118, sauf à désirer fiche en l'air un brave je-sais-tout qui voudra fourguer ses Louviel et autres Léouvé, secouera comme un prunier son ordinateur et vous enverra paître au diable, vous et vos utopies abjectes, puis s'en ira se pendre au sous-sol d'un asile de fous.

Si Lanvo n'est plus le hameau façon « settlement » qu'il fut au siècle dernier, l'âge béni des excavatrices, on y trouve encore, vestiges d'une aventure pionnière à la manque, une poignée de ruines enlierrées cernant un gîte au label « Quatre épis » tenu par deux vieilles célibataires de frangines, surnommées les « harpies », descendantes renfrognées des mineurs gallois venus jadis ausculter une région qu'ils s'imaginaient riche en cuivre et livres sterling, et qu'ils abandonnèrent sans regret.

L'auberge a pour nom celui qu'elle portait cent ans plus tôt : Maison des ingénieurs de la mine. Et plus communément on l'appelle aujourd'hui :

Elle est agrémentée d'un patio fleuri comme en ont les relais mexicains, tout en arcades chaulées. Pas de sombreros mais des lupins à profusion le long des murs et des bougainvillées. À travers les grappes mauves apparaît une piscine semi-olympique, inespérée dans ce décor pétrifié que la chaleur accable à longueur d'été. Autour c'est un désert de pentes vallonnées rougeâtres, ravinées par les orages, percées de galeries effondrées, avec des wagonnets rouillés sur des rails et de hautes cheminées spectrales qui hantent l'azur et les noirs firmaments d'un sud plus généreux en constellations que les ciels du nord, ceux-là champions du soleil couchant.

Dix kilomètres en aval d'une route aux lacets archiserrés, dominant des abîmes, on a le joli bourg de Luget-sur-Oudoule, trois mille habitants, des places ombragées sous les platanes, des fontaines moussues, des terrasses, de la pétanque et du pastis. Sans compter le scandale financier d'un pont suspendu, l'ogre du budget local.

Claire et les jumelles étaient déjà là-haut depuis trois jours quand je les ai rejointes, retour d'Australie, après une escale à Roissy. J'avais réservé un 4 × 4 Crusader à l'aéroport de Nice et j'ai pris la route aussitôt. Entre le jet lag et ce vol interminable d'un antipode à l'autre, et maintenant cette longue étape automobile, je n'étais plus fatigué mais hébété, incapable d'aligner trois idées cohérentes en arrivant.

Nous avions rendez-vous à Luget, sur la place de l'église où le Centre chorégraphique du Var donnait un show à la manière de Broadway, un festival de jambes en l'air à la gloire du charleston, du big-apple, du french cancan, du yam ou du boomps-a-daisy, tous les rythmes qui faisaient fureur dans les années folles.

C'était la nuit quand j'ai laissé le Crusader à l'entrée du pont. J'ai remonté la rue d'un village fantomatique, désert, guidé par les accents endiablés d'une musique de saloon. Des banderoles flasques pendaient entre les façades, annonçant les réjouissances du mois offertes par le Conseil général.

Impossible d'accéder à la place, il y avait foule, des familles à en juger par tous ces gosses perchés sur les épaules de leur père et ces mamies vautrées dans leur pliant. Au fond, arpentant des tréteaux illuminés, une bonne sœur d'opérette, manches retroussées, expliquait au bon Dieu qu'il s'en passait de belles, à Luget, ce soir, et que les murs de l'église allaient s'en souvenir, il y aurait du monde à confesse, demain, peuchère !

Il m'a semblé reconnaître Claire et les filles au premier rang, et je suis parti dans les ruelles adjacentes pour me faufiler par-devant, entre la scène et l'église.

C'est ainsi qu'après m'être perdu un moment, d'une venelle sans lumière à l'autre, titubant d'épuisement, prêt à m'endormir au milieu des chats qui balançaient au ras du sol leurs yeux luisants, j'ai failli buter sur une apparition au détour d'une voie pavée. Le choc. Comment dire ça ? Je n'ai rien fait de moins que surprendre en train d'uriner le cygne le plus appétissant que la mythologie se soit permis d'enfanter. Nichée dans un écrin de plumes frissonnantes, les yeux fardés comme un totem, le front surmonté d'une aigrette en accroche-cœur et son slip de Blanche Neige aux chevilles, une jeune fille accroupie sur les pavés me regardait ou regardait vers moi, consternée, et par-devant ses blancs chaussons allait s'élargissant une mare foncée.

Je suis passé dignement sans la voir, sans me retourner. La rue d'après j'arrivai aux coulisses du show new-orléanais, installées contre un mur de l'église sous des spots halogènes. Un tel grouillement de petites demoiselles occupées à se pomponner, glousser, faire des assouplissements et lancer leurs jambes fuselées à l'assaut des arcs-boutants, à s'agrafer mutuellement des corsets pailletés, arborer du satin rouge, vert, s'exhiber en bas résille et les seins nus sous les étoiles avant d'enfiler leur costume de lumière – j'en suis resté bouche bée, paralysé. Le cygne accroupi, les danseuses effeuillées dans la chaleur de la nuit provençale, se trémoussant au pied d'une vieille église à bulbe de fer – un champignon psychédélique n'aurait pas fait mieux.

Rasant les murs, j'ai fini par me retrouver coincé dans l'intervalle entre la scène et l'église, l'endroit idéal pour suivre le spectacle sur scène ou dans les coulisses, et pour voir mes trois petites chéries à moi occupant les fauteuils de bistrot réservés aux pachas du village.

Minuit sonnait au clocher quand la bonne sœur à l'accent fernandélien, la Madame Loyale de cette ducasse amerloque, expliquait au bon Dieu subclaquant qu'il avait bien mérité d'aller dormir après tant d'émotions.

— Aide-moi à porter les petites à la voiture, me dit Claire, une fois les bisous des retrouvailles échangés. Ensuite tu remonteras Sibylle à l'hôtel.

— Sibylle ?

— Sibylle Angelini… C'est vrai, tu n'es pas au courant. Elle s'est disputée avec son père avant leur départ, une histoire sordide, je te raconterai. Et comme ce soir la troupe avait besoin d'un cygne pour une figuration et qu'elle fait de la danse… Tu la trouveras dans les coulisses, mais n'en profite pas pour mater le croupion des petites danseuses.

J'y suis allé. Le cygne avait enlevé ses plumes, il se démaquillait, une paupière encore fardée. Il portait une tunique bleu ciel ornée d'un dragon rouge, il avait aux pieds des tongs à pâquerettes. Sur la table, un cellulaire gris métallisé copinait avec les pots de crème et les tubes.

— Tu étais géniale, encore plus impressionnante qu'au tennis.

— Bof, de la figuration, comme au tennis.

— Je suis désolé pour ton père, vous être vraiment fâchés ?

– Pas du tout, pourquoi fâchés? Il est un peu con, c'est tout. Et je l'avais cherché. Claire a été super avec moi. De toute manière, vous, toi, enfin bref, enfin toi, vous me manquiez trop.

J'ai dû avoir un mouvement d'humeur car elle a soudain rentré la tête dans les épaules, comme si j'allais la frapper. Dans le miroir j'ai croisé ses grands yeux démaquillés, ses yeux d'eau vive, bleus, verts, aucune idée, tout parsemés d'or. Plus les yeux sont beaux plus tentante est la chair autour.

J'ai dit avec froideur :

– C'est moi qui te ramène là-haut, on se retrouve à la voie ferrée près du pont.

– C'était bien l'Australie?

– Fatigant.

– Ils sont mignons, les kangourous?

– C'est une légende, comme les cèdres du Liban.

– Et comme les filles des îles Marquises… Tu peux m'aider, s'il te plaît?

Elle était en guêpière de scène, les épaules nues, la tunique à la taille. Elle a remonté ses longs cheveux sur sa nuque et j'ai dénoué la double rosette entre ses omoplates. Et penché malgré moi, j'ai retrouvé l'odeur de sa peau, l'odeur sucrée salée d'une fleur de chair épanouie par la fièvre du show, le puissant parfum de la perdition.

Elle a chuchoté :

– Embrasse-moi, s'il te plaît.

– Aucune envie.

– Mais si, n'aie pas peur, dans le cou.

– Non.

– Vas-y, elles penseront toutes que tu es mon père.

– Ou ton grand-père.

– Embrasse-moi, papy.

J'ai posé les mains sur ses épaules, je les ai ôtées. Mes mains tremblaient, Sibylle frissonnait.

– Je t'attends près du pont.

– Tu ne m'as même pas embrassée.

– Répète ça une fois et je te renvoie chez ton père.

– Plus jamais, juré. C'est moche, un homme qui a peur.

– J'y vais, à tout de suite.

– Appelle-moi si tu t'ennuies.

Sur la route, comme nous roulions vers l'hôtel, Sibylle s'endormit le portable à l'oreille. Elle avait jeté son sac à l'arrière en montant dans la voiture et s'était pelotonnée contre la portière, sans plus dire un mot. Elle était en short avec son débardeur noir à tête de mort. Les pâquerettes de ses tongs me surveillaient par en dessous. Le tableau de bord luisait sur ses genoux, verdâtre. Je revoyais malgré moi le cygne accroupi dans la ruelle obscure, son regard affolé.

La masse noire de l'hôtel apparut devant les phares et le portable de Sibylle tomba sur le plancher. En avançant la main pour le ramasser, j'eus la joue contre sa cuisse nue.

X

Mardi 29 juillet 2006 (3 heures du matin)

Si tu tombes là-dessus, Claire, on est mal. Et si je n'écris pas ce qui me ronge en ce moment, c'est pire. Si tu te réveilles et si tu viens voir sur la terrasse, notre couple est fichu. Déjà qu'il ne va pas fort. Tu fouilles, la femme est fouilleuse. La femme est soupçon, l'homme est menteur. Je mens. Je te mens en écrivant ces mots. Où cacher ce cahier?

Tout à l'heure, j'ai ramené la petite à l'hôtel. Sibylle Angelini. Elle porte bien son nom. L'ange et le secret. De même que tu as porté nos jumelles à la voiture, de même je l'ai portée jusqu'à sa chambre, la Tilleul. Qu'est-ce que tu veux, Morphée l'avait cueillie. On a failli se rétamer dans l'escalier. Ça pèse lourd un cygne endormi, même un ange déplumé. Je ne suis pas allé jusqu'à la déshabiller, je lui ai juste enlevé ses tongs et bonsoir.

3 heures et quart
Ma femme roupille, alors écoutez-moi tous. Je n'ai pas fait qu'enlever ses tongs à la gamine. Elle avait

un sparadrap autour d'un orteil, le petit riquiqui du pied gauche. Vernis noir écaillé, ongles taillés court, danse oblige. Plus beaux sont les yeux, plus tentants les ongles. Vous auriez embrassé quoi, vous, en premier ? Moi le sparadrap. Pour me dégoûter. Pour en finir. Je l'ai décollé avec les dents. J'ai sucé l'élixir de quelque ampoule forcée, imprégné de sang. J'ai mis les doigts dans ma bouche et joué sur cet harmonica l'air du lonesome cowboy à l'agonie. Et ça m'a plu. Les arrondis, le modelé, la chair tiède, ma langue entre les orteils, ces fellations. Qui croirait qu'un sparadrap crasseux vaut tous les strings et toutes les fanfreluches de la mise à feu du sang masculin. J'ai pété un câble. La femme est fouilleuse, l'homme est péteur de câbles.

Je la bordais quand elle s'est réveillée :

— Ne pars pas.

— Dis donc, toi, je ne suis pas ton chien.

Elle m'a pris dans ses bras, m'attirant vers elle :

— Gratte-moi le dos.

— Trop tard, demain.

— Je n'ai pas dit le ventre ou les seins. Juste le dos.

Elle parlait doucement mais à voix limpide et ses mots entraient dans ma bouche. J'avais peur qu'elle ne réveille les jumelles endormies tête bêche dans l'autre lit. J'ai voulu détacher ses bras, mais cette pieuvre d'énergie s'est plaquée à moi. Sa jambe droite est venue m'encercler la taille et si je m'étais redressé à ce moment-là, son autre jambe aurait fermé la boucle, verrouillant la prise, et j'aurais dû *la soulever tout entière du lit pour m'échapper. J'ai posé les mains à plat sur ses reins, là où la chaleur du sang ferait cuire un steak. J'ai supplié : Je t'en prie… J'avais le nez enfoui dans sa chevelure et elle me serrait si fort que nous étions comme deux amants enlacés.*

— Je ne veux pas d'enfant, rassure-toi.

— Ferme-la.

Sa chevelure avait une odeur de fille, une odeur d'enfance, une odeur de tribunal au petit matin. C'était fatal, mes mains allaient bouger sur son dos, se glisser à l'intérieur du short. Elle le savait, elle se payait ma tête, c'est elle qui jouait à la poupée avec moi.

À travers une jungle de mèches emmêlées j'ai regardé l'ombre de Diane à une longueur de bras, et ses yeux se seraient-ils ouverts qu'elle aurait vu son père, son bestiau de père affalé sur sa copine, en lutte avec cette question grandiose : je risque quoi ?

J'ai murmuré :

— Les jumelles, attention.

— On ne fait rien de mal.

Se reculant, Sibylle a posé ses lèvres sur les miennes, une seconde, une autre, avec le bruit sonore des baisers d'enfant. Puis elle s'est entortillée dans les draps, en chien de fusil, et n'a plus été là.

J'ai embrassé les jumelles et filé dans ma chambre, la Coquelicot, à deux numéros de là. Claire ne s'est pas réveillée. Je me suis couché près d'elle et j'ai bien cru que j'allais m'endormir illico malgré le raffut sourd du jet lag, les réacteurs Pratt & Whitney, le trolley tintant des boissons, les trois cents chevaux du Crusader, les casseroles de Broadway, le fredon du marchand de sable à tutu d'argent, le coin-coin d'une paire de canetons noirs suivant un grand cygne rouge au crépuscule, et j'ai commencé à me faire un bon petit kif de cinéma muet où j'avais le premier rôle et bébé d'amour aussi, ex-aequo. Si comme Sibylle… Si j'étais moins peureux, je l'aurais vue l'autre jour se déshabiller aux vestiaires et marquer son numéro sur l'étiquette du soutif. Si j'étais moins peureux j'irais lui demander ce qu'elle veut. Si j'étais moins peureux, j'irais lui gratter le dos, l'embrasser. Si j'étais moins peureux, je n'écouterais pas la Loi et je laisserais son cœur me parler. Si j'étais moins peureux, j'irais dans la chambre Tilleul faire un tour au bout du désir…

Je me suis tourné vers Claire et du nez j'ai touché sa nuque. Ma femme sent naturellement bon. Autrefois j'aimais définir son parfum. Avec le temps il m'est entré sous la peau, il fait partie de moi. Je n'ai plus besoin de l'enchanter par les mots.

Je lui ai pris les fesses en disant :

— C'est moi que tu as le plus aimé ?

— Tu ne dors pas ?

— À poings fermés, réponds…

— C'est toi.

— Mais l'autre, avant, le journaleux ?

— Ce n'était pas pareil.

— Comment peut-on mesurer l'amour, déclarer : c'était plus fort ou moins fort, le cœur ne se limite pas, il donne tout à chaque fois.

Elle a soupiré d'une voix dormante :

— Je n'ai jamais aimé comme je t'aime.

— Et trompé ?

— Une autre peau que la tienne, un autre corps, une autre voix, d'autres yeux, un autre amour, tu es fou…

— … De toi, j'ai dit mécaniquement, car je ne rate jamais une occasion d'être fou d'elle, seul moyen que j'ai trouvé pour ne pas lui avouer qu'elle ne m'attire plus, que ses fesses bien aimées je les aime bien, c'est ça, je ne les aime pas. Deux amours de vieilles copines aux charmes épuisés.

— Tu m'as l'air bien agité… Elles sont comment, les petites Australiennes ?

— J'ai surtout vu des gros Chleus. À part ça j'ai dormi seul, mon oreiller entre les cuisses et je l'appelais Clairette…

Le décalage horaire ignore l'adultère, rappelez-vous, pas de coup de poignard, aucun souvenir qui fâche, oubli total dans l'apnée des tequila-boum et du punch.

— Le jour où ton oreiller change de prénom, sois honnête, dis-le-moi.

— Tu es à jamais mon seul oreiller. Et je crève si toi tu changes d'oreiller, même un soir.

— Toi, tu as besoin d'un câlin, a soupiré Claire.

Elle ne s'est pas retournée, mais de la main s'est d'abord assurée que j'avais envie d'elle.

Puis elle a dit :

— Ton portable a vibré.

L'angoisse m'a saisi :

— C'est le signal de batteries faibles.

Elle a bâillé :

– En effet, mon chéri, très faibles, ce n'est pas grave, et maintenant tais-toi.

Elle s'est rendormie.

Un message de Sibylle. Comment s'est-elle procuré mon numéro ? Les jumelles ou tout simplement le registre du gîte, à la réception. Son texto n'est pas vieux d'une heure : IL FAIT TROP CHAUD, JE VAIS ME BAIGNER. J'AI UNE QUESTION À TE POSER, C'EST IMPORTANT, N'AIE PAS PEUR.

Message supprimé.

Vous auriez fait quoi, vous ? Moi non. Moral à zéro. Je ne suis pas descendu à la piscine. Une dernière fois j'ai compté sur le sommeil pour subtiliser une pieuvre dont les tentacules infiltraient jusqu'à mon portable. On étouffait, les étoiles entraient à flots par la baie vitrée. Plus noire est la nuit, plus dingue est la lune, et plus marteau les étoiles, on dirait des pieuvres. Je suis allé sur la terrasse. En contrebas, la piscine luisait. Elle m'avait pipeauté. Je n'ai pas surpris les reflets onctueux d'une nage de loutre effectuant ses longueurs à fleur d'eau. Je n'ai pas vu ma Sibylle aux seins nus grimper l'échelle chromée ni tordre sa chevelure au-dessus des ondes. Non, mais dans une aberration sensorielle, j'ai reconnu le fredon mélancolique du marchand de sable en filigrane à la basse continue des Pratt et Whitney qui semblaient jouir d'une autonomie sans limite.

Elle était là, couchée sur une chaise longue au dossier rabattu, les deux jambes débordant sur les côtés. Elle prenait un bain de lune sans bouger, elle m'attendait et chantonnait, elle m'appelait.

D'où je suis j'aperçois la chaise longue et les jambes de Sibylle.

Elle m'attend, m'appelle, et moi j'écris ces lignes pour tuer l'envie d'y aller, au bout du désir.

Je n'y tiens plus, je descends.

4 heures de la nuit

J'arrive à l'instant. Elle n'était plus là. Sur la chaise longue il y avait un slip de la marque Princesse Tam Tam, un slip noir à picot rouge. Je n'en sais rien, d'ailleurs, mais j'en suis sûr. Je ne l'ai pas jeté dans la piscine, non, je l'ai balancé par-dessus la rambarde, en bas c'est un tapis d'orties qui prolifèrent au bord de l'Oudoule. Il ne sera pas dit que j'aurai trompé ma femme avec cette petite vipère de mes deux.

XI

Je me suis réveillé la chair en fête, une énigme après cette nuit de blanches élucubrations qui toutes convergeaient sur le sentiment qu'elle ne pouvait pas être à moi.

J'ai commencé par faire l'amour à Claire et j'ai trouvé ça meilleur que d'habitude. Elle aussi, d'ailleurs. Elle a poussé son cri de joie, tourné de l'œil dans les oreillers. Je suis descendu m'avaler un petit déjeuner copieux sur le patio désert. Œufs brouillés, bagels, marmelade et mini-pains au lait, jus d'abricot frais, café noir. Les abeilles butinaient les lupins autour du jet d'eau. Au premier, les persiennes bleu lavande avançaient en étrave, tenues mi-closes par un loquet. Ça dormait encore, c'était épuisé par la danse et la courte nuit. C'était bouche bée, ça rêvait sur le ventre ou sur le dos, une jambe à l'extérieur de la couette. Ça n'ouvrirait pas l'œil avant midi.

J'ai emporté mon plateau à la piscine, revenue à ses couleurs de bonbonnière équatoriale. Personne. Des papillons se dandinaient dans l'air mou, copulaient en vol, descendaient bisouiller

les fleurs du bougainvillée qui répandait ses vio-
lâtres ombrages sur les chaises longues, vides à
cette heure-ci. Un livre ouvert, *Gossip Girl*, par
Cécily von Ziegesar, était ouvert page trente-sept
au moyen d'un chewing-gum écrasé. Bah dis donc,
pour une fille qui parle grec et latin couramment !
Ah, une phrase soulignée si c'est pas mignon :
*Aimer une seule femme et s'en réjouir toute sa
vie, c'est ça le grand amour...* La vache ! Qu'il se
trouve encore des auteurs pour aligner ce genre de
fadaises, passe encore, mais de bonnes élèves pour
les souligner !...

J'ai piqué une tête. J'espérais qu'au splash du
plongeon Sibylle se réveillerait, ouvrirait les volets.
Je lui parlais entre mes dents, montre-toi, bébé
d'amour, rapplique...

Moi, l'aimer ? Tomber dans le guet-apens d'une
passion puérile ? Moi, mené par le bout du nez ? Je
désirais croquer Sibylle, c'est tout. La nuit m'avait
porté ce triste conseil. Pour l'oublier, croque-la.
Aimer, ça peut n'être qu'aimer croquer, pas davantage. Du croc'amour, de la babouinerie facile à
contenter. On n'est jamais perdant quand on est
babouin. Le cœur, quand on est babouin, n'est
dominé que par un seul grand amour : l'amour
de soi. On n'est plus que le souffre-douleur de ce
fauve enragé – la sensualité. On lui pardonne tout,
tous ses caprices, toutes ses faims, toutes ses proies.
Dans la nouveauté, le processus hydraulique vital
de l'érection ne déçoit jamais.

L'esprit chaud bouillant je cherchais l'angle sous
lequel aborder cette sympathique liaison fatale, et

l'angle épousait à la perfection l'entrejambe de Sibylle, angle sexuel et moral, angle parfait. Elle est séductrice, active, demandeuse. Il n'y a pas viol ni détournement. Elle sait bien qu'elle est mineure et que révélée au grand jour cette liaison détruirait nos vies. Revers de la médaille, elle a douze ans. Une enfant pour la Loi. Pour la Loi s'accoupler avec une enfant, même à sa demande expresse, est un crime de pédophilie. Qu'elle parle et je suis bon comme la romaine. Et soudain j'eus peur, je vis les jumelles installées sur le canapé du salon, chacune son Flamby, son doudou, ses verres correcteurs, découvrant au journal télévisé leur papa chéri bracelets aux poignets, écroué pour atteinte à l'innocence de mademoiselle Sibylle Angelini, leur copine de tennis.

Innocence, attentat, liaison, des mots, du vent… Le souffle nauséabond d'un fonctionnaire en robe noire, payé pour juger. Est-ce un viol si nos bouches s'effleurent ? Un attentat si je la prends dans mes bras ? Si je lui donne la main ? Il est où, le point de fracture entre le permis et l'interdit ? Le bien et le mal ? Qui répond ? Moi ? D'accord, c'est moi qui suis fracturé, fêlé, comme tout être humain.

Je cogitais sur mon transat quand Claire est arrivée, maillot de bain blanc, lunettes de soleil, sac de plage, revues en tout genre, allégorie du farniente à la plage. Elle a tiré une chaise à côté de moi. Elle a roulé son maillot jusqu'à la taille et s'est copieusement beurré les épaules, les seins, se doutant que je la regardais, ignorant que je transférais mes impressions vers sa protégée.

Elle a proposé de m'enduire et j'ai dit non. Elle m'a suggéré un test à deux sur le couple que nous formions et j'ai dit non. Elle a sorti son vernis à ongles :

– Monsieur s'ennuie.

– Monsieur cuve son jet lag.

Cuvaison rêvassante où Monsieur regardait les taches de rousseur sur les omoplates de Sibylle, et le duvet de poils mordorés ombrant sa nuque d'un sillon presque invisible, un défi pour une bouche masculine.

– Un maillot est tombé dans les orties. Il est peut-être aux jumelles. Ce serait bien que tu ailles le chercher.

– Et les orties ?

– Tu n'auras qu'à mettre des bottes.

– Rien que ça.

Elle m'a pris la main :

– Je suis contente, on s'aime à nouveau comme avant.

J'ai répondu qu'on avait toujours fait l'amour comme avant, mais qu'en vacances on avait du temps à nous.

– C'est vrai, a dit Claire, et Sibylle s'occupe très bien des jumelles, ça m'aide et je peux enfin m'intéresser à toi…

Elle poursuivit :

– … Vraiment attachante, cette gosse. Elle s'est arrangée physiquement. Quel cygne irrésistible elle faisait, hier soir.

Je ne sais plus ce que j'ai dit, je surveillais les volets fermés à travers mes cils.

– Zoé ne pouvait pas la prendre ?

– Elle est partie soigner sa mère à Colmar, cancer, de l'herpès au cerveau.

On est restés silencieux. Temps arrêté, vibration d'insectes, glouglou des clapets autour de la piscine.

– C'est terrible ce qui lui arrive.

– À la mère ? À la grand-mère ?

– À la petite. Elle m'a raconté la scène avec son père, en venant. Elle en pleurait. Il ne veut tout simplement pas reconnaître qu'il a trompé sa femme. Tout le monde le sait et tout le monde sait avec qui, mais il persiste à nier. Et sa propre fille, il l'envoie balader, c'est immonde. Pourtant il est fou d'elle, il lui téléphone dix fois. Comment veux-tu qu'elle croie la parole d'un homme après ça, qu'elle ait confiance dans l'amour.

– Elle n'a pas de petit ami ?

– Plus, ils viennent de rompre.

– Elle s'en remettra.

– D'autant qu'ils s'aiment encore, si j'ai bien compris.

– Tant mieux… En tout cas son père a raison de ne pas avouer je ne sais quoi. Qu'elle se mêle des ses oignons. On ne se justifie pas auprès d'un enfant. Il lui ferait plus de mal que de bien.

– C'est ton avis ?

– Les enfants n'ont pas à fourrer leur nez dans les affaires des grands, c'est ça qui les perturbe.

– Tu es pitoyable.

– C'est bien plus subtil, la vérité d'un couple.

– Ça a la subtilité d'une paire de couilles, je n'ai aucun doute là-dessus.

– Reste polie.

Claire m'a lâché la main.

– Quand tu parleras à Sibylle, et j'espère que tu lui parleras, épargne-lui ce genre de bêtises, fais ça pour moi.

– Elle n'a qu'à pas être aussi curieuse.

Elle m'a repris la main, la pressant plusieurs fois.

– Ne jamais avouer, c'est bien ça ? La solidarité des porcs, les hommes sont des porcs !

– Pas tous.

– Cite-m'en un.

J'ai failli dire : moi. Et je l'ai dit. Je l'ai fait pour que Claire ne s'étonne pas que je ne l'aie pas dit.

Elle a ricané :

– Tromper, mentir, c'est votre nature.

– Vieux clichetons pour apprenties lesbiennes à clitoris de vampire. Si tu parles aux jumelles, Chouchou, et j'espère que tu leur parleras, évite de les polluer avec ces ritournelles de goudou.

Elle a ri :

– Tu ne mens jamais, peut-être ?

– Là n'est pas la question.

– Tu ne m'as jamais trompée ?

– Je t'aime, c'est aussi con que ça.

– Tant d'amour excuse les petits coups tirés dans les coins, c'est aussi con que ça ?

– Je ne tire pas dans les coins.

– Tu tires où ?

– Tu vois le mal partout.

– Tu es fidèle ?

– Oui.

– Pas de petits coups ? Pas de petits coins ? Pas de petits culs ?

– Ah ! là ! là ! ma pauvre Claire…

… Ma pauvre Claire, ah ! là ! là !, si tu savais quel maquignon ne dort que d'un œil en moi, prêt à jauger, soupeser, désirer suivant ses critères de maquignon directement reliés à sa braguette.

– Tu n'as aucune confiance en toi, c'est bien ça ton problème.

– Moi ?

– Tu passes ton temps à mater en douce. Si tu crois que je ne t'ai pas vu, hier soir, te dévisser le cou au spectacle des filles. Tu avais les yeux hors de la tête, mon pauvre biquet. Tu reluquais les coulisses derrière l'église.

– C'est mon côté abbé Pierre…

– C'est ton côté vieux dégueulasse.

Au-dessus de nous les persiennes bleu lavande ont viré en grinçant, déployant de formidables ombres sur le crépi. Avec un ensemble parfait, les têtes rousses des jumelles sont apparues au-dessus des géraniums du balcon.

Claire s'est redressée pour leur dire de ne pas se pencher :

– Et pas de bruit, les filles, laissez dormir Sibylle.

– On descend.

J'ai passé la matinée à folâtrer dans l'eau avec mes filles, à les empiler sur mes épaules, à prendre d'assaut leur matelas pneumatique, à faire le brochet clown entre leurs jambes, à me laisser taper dessus avec les frites de polystyrène, à chronométrer leurs longueurs. Où était passée la Sibylle ? Il me semblait entendre rire derrière la haie de lauriers. Mais pourquoi aurait-elle ri ? À qui ?

Tout ce petit monde ivre mort de Coca, de chips, de bonbons flemmardait sous les parasols quand elle s'est enfin montrée vers midi, bermuda vert et débardeur à tête de mort.

Sur ses talons un jeune homme d'une vingtaine d'années, brun, gominé, poilu, le short hawaïen flamboyant.

– Nino, a dit Sibylle.

Ils venaient de jouer au ping-pong sous les arcades. Nino était milanais, danseur. Il séjournait à l'auberge avec ses parents. Il avait filmé le show, hier soir, avec la Sony. Il proposait qu'on en revoie des extraits après le dîner.

Claire observait les deux adolescents par-dessus ses lunettes noires, l'air attendri.

Arrivée à nous, Sibylle s'est déshabillée, le débardeur à tête de mort m'a coiffé le pied droit.

– C'est embêtant si j'enlève mon haut ?

Elle portait un deux-pièces des plus honnête, sa peau tout ensoleillée l'était déjà moins.

– Bien sûr que non, a dit Claire, enfin pour Nino et moi. Mais tu sais, Michel est assez prude sur ces questions-là, c'est la vieille école.

Sibylle a froncé les narines :

– C'est affreux les marques du maillot.

– En tout cas, mets de l'écran total.

Le Milanais a pris Sibylle par la taille, ils sont partis lézarder au bout de la piscine. Le coin des familles, le coin des jeunes. Le coin des croûtons, le coin des amoureux. J'en étais malade et je pensais : bien fait pour ta gueule, vieux schnock.

– Ils ne perdent pas de temps, ces Italiens, a soupiré Claire, puis remontant son maillot elle est allée se baigner.

J'avais lu trois pages de *Gossip Girl* quand mon portable a vibré.

Texto : NINO VEUT ME PASSER DE LA CRÈME. JE FAIS QUOI ?

Dans la piscine, Claire me souriait en nageant posément la brasse, veillant à ne pas se mouiller les cheveux. Les jumelles, maillots à fronces, armées d'épuisettes, repêchaient les insectes autour du bassin. Grande opération de sauvetage en faveur des volatiles non piquants.

Diane hurla qu'un hanneton revenait à la vie :

– Viens voir, papa…

Vibration, texto : NINO VEUT ABSOLUMENT ME TARTINER, RÉPONDS !

Et comment j'aurais pu répondre ? Et pourquoi ?

– Il va remourir si tu ne viens pas, chouinait Chloé, bouge-toi, gros flemmard.

– Tu veux que je lui fasse quoi, à ton crevard, du bouche-à-bouche ?

– Arrête ça ! faisait Sibylle au loin en riant, ça me chatouille.

Texto : CE TYPE EST VRAIMENT PAS GÊNÉ, IL

— Il ne respire plus, fit Diane d'une voix pleurante, c'est de ta faute.

Texto : IL A LES MAINS DOUCES…

Déprimé, j'ai quitté ma chaise longue et suis allé m'incliner devant le corps loqueteux d'un gros bombyx dont une aile, ce qu'il en restait, frémissait par instants.

— C'est pas un hanneton.

— Et c'est quoi ?

— Le contraire d'un hanneton.

— On dirait qu'il va gerber.

J'entendais Sibylle glousser et Nino faire son rossignol milanais. Ah, ce gloussement des filles qui vous retourne les sangs quand il favorise un rival. N'en pouvant plus, je suis parti d'un rire dément :

— C'est trop drôle. Va vite chercher ta copine, il faut absolument qu'elle voie ça, elle adore les animaux.

Chloé s'est exécutée, et bien sûr le bombyx avait trépassé à son retour, et bien sûr j'étais entièrement responsable, et Sibylle avait répondu qu'elle avait passé l'âge de jouer au docteur, même avec les papillons.

Texto : C'EST TOI QUI AURAIS DÛ VOIR ÇA.

XII

Au déjeuner fut servie sous les arcades une pizza diabolo dans le genre épicé, suivie de brochettes de marshmallows roussis au barbecue, préparées par les filles de la maison, Sibylle et les jumelles, assistées d'une vague nièce des « harpies », brunette, maigrichonne, le teint blafard, n'ayant jamais pris le temps de grandir, aberration de quelque mineur coutumier d'ensemencer les fantômettes au hasard des galeries. Elle pouvait avoir douze ans comme deux cents et s'appelait Zaza, diminutif d'Isabeau, appris-je tôt ou tard, patronne des gueules noires et pourquoi pas des sales gueules.

– Ah ! fit Denise, la harpie senior, les frelons sont revenus, l'été sera chaud.

– Le loir m'a mordue cette nuit, répartit Mauricette, la harpie junior, ça sent l'orage.

Je sifflai tout le pichet de rosé de la table d'hôte et, n'osant pas en redemander, je vidai le grand verre de la mama de Nino (massive, la cuisse noble, le paréo assorti à la pizza) passée au vin rouge entre-temps. Elle me devait bien ça. Et qu'elle ne compte pas sur moi pour lui causer football, sa deuxième passion après son fils qu'elle appelait « mon fils » comme si c'était là son prénom usuel.

J'avais trop bu. Je voyais le slip de Sibylle étalé sur les orties balancées du torrent. Prenez un slip de fille, trempez-le dans l'alcool et il se met à vivre, et pas seulement au milieu des orties, il papillonne, il revient sur bébé d'amour, le soutien-gorge revient d'Australie sur bébé d'amour, elle est à vous, maintenant, la Sibylle, vous pouvez l'embrasser, enrouler sa langue à la vôtre, et l'idée que la fille est mineure ou fille de mineur vous semblera bien dérisoire en comparaison du festin solaire que vous partagez. Vous pouvez embrasser tous les grains de beauté sur sa peau et si c'est un peu long rien ne vous empêche de claquer des doigts, exit le slip, et de lécher l'empreinte crénelée de l'élastique sur sa peau, de reclaquer des doigts, exit le soutien-gorge, à vous les seins, vous pouvez tout lui donner sur cet îlot d'imagination où la seule âme qui vive est la vôtre.

— Les filles ont besoin d'argent de poche, a déclaré ma femme. Elles ont ouvert un salon de soins corporels, au grenier, dans la chambre de Zaza. Cinquante cents la demi-heure.

— J'ai un euro sur moi, dis-je.

— Ça te fait deux séances, dit Chloé. Douche obligatoire.

— Vous faites aussi les épilations, les points noirs, les poils ?

— Juste les massages, on n'est pas diplômées.

– Ça tombe bien, je me sens un peu noué, avec tout cet avion.

– Comme tu es notre premier client, on te fera une réduction.

– Le temps de boire mon café, ai-je dit en m'emparant d'un verre de vin…

XIII

SALON RELAXANT DES MINEURS

Menu pour le dos

Petites pinces de crabe mou :	*10 cents*
Pinces normales qui font pas mal :	*10 cents*
Pinces qui font mal ou pinces d'écrevisse :	*10 cents*
Pinces de homard :	*20 cents*
Manucure :	*20 cents*
Picotements sur colonne vertébrale :	*10 cents*
Chatouillis sous les bras :	*20 cents*
Parfumage des omoplates :	*10 cents*

– Dites-m'en plus, fis-je à Zaza qui me présentait, façon restau routier, une grande ardoise annonçant les suggestions du jour. C'est quoi toutes ces pinces ? On se croirait sur un bateau de pêche.

– Le père de Zaza est poissonnier… On a essayé entre nous avant.

J'étais allongé sur le lit de Zaza, dans la chambre dahlia – murs bonbon, voilages frissonnants, persiennes bleues mi-closes – les filles autour de moi. Elles avaient fermé la porte à clé. Pas d'enquiquineurs pendant les soins. J'avais refusé les services de Nino qui se voyait déjà filmer la séance. Il était venu déjeuner en baggy noir, la toison pectorale moussant par-dessus les bretelles jaune citron. Avec ses diams à l'oreille et son bandana vert de desperado, il constituait un mélange assez plausible de serial killer psychotique et de fils à maman dégénéré, mi-figue mi-fiotte, capable d'un coït free style avec n'importe quoi d'un peu vertébré, vivant ou mort.

– Vous pincez ou vous massez ?

– Fais pas ton douillet, dit Zaza en me tutoyant de bon cœur. Tu ne verras pas une goutte de sang… Faut bien pincer pour te soulever la peau. Ça fait mal ou pas mal, au choix, tu décides. À deux doigts c'est les écrevisses, avec tous les doigts c'est les crabes, avec les doigts et la paume c'est les homards. Et si tu veux vraiment que ça fasse très mal, il y a un supplément d'un euro.

– Le « parfumage » d'omoplates je vous le laisse, d'ailleurs c'est un mot bidon.

– On n'y pense jamais, au parfumage. Pourtant, ça change, et puis ça sent bon. On a du Vertige d'Oussama, un truc oublié par une cliente.

Elle produisit un vaporisateur en forme de grenade antipersonnelle, où les Twins étaient silhouettées en noir sur une simili feuille d'or aux couleurs du crash.

– Merci non… C'est un principe général. Comme le cirage chez les marchands de chaussures. Jamais de cirage.

— Nous, on te fait la manucure, on est tes filles.

— Tant pis pour toi. Et tu veux qui, pour te pincer ? Zaza ou Sibylle ?

— Ça dépend. Par ici, les geishas. Présentation des mimines au client.

Zaza la maigrichonne avait de jolies mains potelées, Sibylle de longs doigts pulpeux, les ongles peints d'un vernis zinzolin, le fameux ton rosâtre du jeton de poker.

— Et faites voir sentir vos doigts.

Pour nos deux apprenties masseuses, ils exhalaient l'odeur acre du marshmallow-barbecue, une fragrance annonçant la rencontre inopinée de l'aspartam et du carbone à huit cents degrés, gloire aux mineurs.

— Pas mal, Zaza, des bonnes vraies patoches de pizzaïolo, on doit se sentir une âme de calzone avec toi.

Je m'attardai sur les menottes de Sibylle, humant et caressant du nez la chair entre les doigts, la membrane un peu moite joignant les phalanges.

Je lui saisis les poignets. Je percevais le tressautement du pouls à travers nos deux peaux en contact. À vingt centimètres devant mes yeux béait son nombril, cet œilleton vivant sur lequel je mourais d'envie de coller ma bouche.

— Et vous mettez de la crème ? Un liniment ?

— Du talc de Venise. C'est moins cher et on pince mieux.

— Quelles pros !... Les battoirs de Zaza sont appétissants, j'avoue, mais Sibylle a des ongles et c'est un avantage pour les picotis sur la colonne...

— Arrête le baratin, tu veux qui ?

— Donnons sa chance à Sibylle.

— Parfait, paye-nous et enlève ton tee-shirt.

Je fus à plat ventre, la joue sur l'oreiller, les bras ballants jusqu'au sol.

Chloé m'attrapa une main, Diane fit le tour du lit pour attraper l'autre, la séance commençait.

Zaza, grande prêtresse de cet épisode initiatique, vaporisa un pshitt d'Oussama dans ma direction. Puis elle fit moduler par sa mini-chaîne stéréo les suaves harmonies de Portishead.

Si j'étais excité ? Pire que ça, j'étais fou. Un autre que moi. Je n'étais plus que vertige sensoriel, instinct.

Et Sibylle ? À quoi pensait-elle ? Rien à fiche. J'avais payé. Le client est roi. Elle portait un slip rudimentaire agrémenté d'un volant, et une chemise nouée sur le sternum, au ras des seins.

Elle s'assit en amazone au bord du lit, contre moi, sa chair contre la mienne, sa hanche de fée.

Je sentis d'abord me frôler, par imperceptibles touches, les particules micronisées du talc dont elle me saupoudrait. Du bout de ses doigts écartés, en partant des épaules, elle caressa mon dos sur toute sa longueur et j'eus l'impression de m'étirer à la manière d'Élastoc le bien nommé. L'impression remonta vers mes épaules et se décomposa, divergea, se multiplia. Un souffle chaud m'arrivait régulièrement entre les omoplates et mes reins jubilaient sous le va-et-vient des longues mèches de Sibylle.

— Je pue des pieds, déclara-t-elle soudain. C'est les tongs.

– Ça pue.

– Ou tu me rinces les pieds pendant que je finis le dos, on gagne du temps, comme tu veux.

– Que je te rince les pieds ? Tu te prends pour le petit Jésus, ma vieille, va te laver toi-même.

– Excuse-moi, me chuchota Sibylle à l'oreille, je te rapporte un Coca ?

– C'est ça, et que les jumelles me lâchent les mains, j'ai des crampes aux doigts.

Des crampes à l'âme, oui, impossible avec mes filles de m'adonner en tout bien-être et liberté morale aux largesses d'Éros dispensées par une gamine dont je me croyais amoureux fou.

– J'en ai pour une seconde, dit Sibylle.

Zaza lui succéda sans que j'aie rien demandé, mouvements saccadés, prises de varappeuse, frustration carabinée.

Revenue, Sibylle se mit à califourchon sur moi, comme si c'était précédemment la place qu'elle occupait... Vertige de tongs en sueur, vertige d'Oussama, vertige de Sibylle, pince-mi pince-moi... Ni crabe ni homard, aucune écrevisse à l'horizon. Des nageoires de bébé sirène ondulaient sur ma peau, des lèvres et des seins m'effleuraient, on me soufflait des mots doux, si j'étais bien, si je reviendrais. Les yeux mi-clos, je me laissais glisser au fond des mers dans cette bulle de paradis qui nous englobait votre lamentable serviteur et sa chaude petite fée aux cuisses nues. Dix ongles acérés me labourèrent les épaules et j'entendis clamer dans un rire strident :

– C'est plus cher quand ça fait mal !

XIV

Vendredi (1 heure de la nuit)

C'est la belle vie. Elle est dure, la belle vie. Elle ignore la douleur aiguë, la morphine. Elle a ses petites misères de belle vie. Oyez, gentils mortels. Les harpies ont invité à dîner les miss Broadway du Centre chorégraphique du Var, vingt-sept beautés échappées d'un harem. Pour le plaisir de les voir costumées. Elles se sont changées sur le patio. Sibylle a revêtu ses atours de cygne. On a mis la sono à fond, toutes portes ouvertes, et les gambettes résillées ont pointé leur S.O.S. vers le grand soir étoilé. Ce joli monde est allé s'ébrouer à la piscine. De ma terrasse, j'étais aux premières loges pour voir les maillots de bain s'éployer sur les corps brillants de sueur. Le hammam à ciel ouvert. On nageait, on s'oignait, on faisait la queue pour se rincer à la douche, on riait, on se savonnait, on s'arrosait au jet. Tout ça vous laisse un homme assez abattu sur sa terrasse. Tout ça fait que la belle vie n'est pas si belle qu'il y paraît, et qu'on ne peut pas toujours se consoler en imaginant nos pairs incendiés par la douleur sur un lit d'hôpital. On n'est pas forcément moins frustré parce que les autres sont mal – au plus mal, si narcissique soit notre pitié.

Nota bene : Ça boit comme des trous, dites-moi, les danseuses au régime, ça ne se défonce pas qu'au seul cœur de laitue. Mes voisines à table, deux vieillasses de respectivement dix-huit et dix-neuf ans, se sont enfilé trois pichets de rosé. J'enrageais en voyant Sibylle et Nino dîner côte à côte. Le petit salopard a passé la soirée la main sous la table. Ils se sont éclipsés avant la fin du repas, soi-disant pour aller jouer au ping-pong. Je n'ai pas entendu le bruit des balles. Il est des balles qui ne font aucun bruit dans la main des jeunes filles. Désolé pour cet accès de vulgarité. Que c'est beau ces adolescents béats, leurs embrassades, leurs petits doigts gourds enlacés. Ça se lave et ça ne s'use pas. Et tout fagot trouve son lien. Paroles de mamie. Les jumelles ont voulu faire un double avec leur mère et moi. J'ai dit non. Fermement, méchamment. C'est ce qu'elles m'ont assuré. Tu es méchant. Elles avaient quatre larmes aux yeux. Il est temps que je me barre d'ici. Je vais péter les plombs, violer l'une des harpies, elles ont des poils de phoque, ça doit faire des guilis. Passer de treize printemps à soixante-quinze balais, ce n'est jamais qu'un grand écart de plus dans un séjour estival sous les signes enchevêtrés de Terpsichore et d'Erato. Je ne changerai jamais. J'avais changé, ces dernières quinze années, avec Claire, eh bien j'ai déchangé. Je ne crois qu'à l'instant quand il me sourit par les yeux d'une fille, je ne crois qu'aux filles.

Vendredi (1 heure 30 de la nuit)

Insomnie. Je peux toujours exiger de ma femme une gâterie soporifique. Dernier recours. Si la main d'écriture se fait main d'érotomane en manque. Si le sexe continue d'attendre de moi le nectar sibyllin que je refuse de lui donner. J'ai dit non, c'est compris ?

Vendredi (1 heure 45 du matin)

Ras le bol, je vais me baigner. Le chlore n'a peut-être pas tout dilué de la moiteur ensorcelée des ratons danseurs de Broadway. Je boirai la tasse pour vérifier, la requinque à la source. Gonado stimuline à gogo. Au fait, je cache ce carnet sous les tuiles de l'avant-toit. Que le loir compisse involontairement mes écrits, la postérité lui fera la peau, à lui comme à sa lignée. Et tous les lynx, tous les carcajous et autres servals, tous les ocelots que la Nature fait pulluler, tous les chats des villes ou des brousses à l'urine méphitique seront rayés de la surface du globe. À commencer par les chattes qui font de moi ce pitre en rêve au-dessus d'une piscine éteinte, la langue pendante et les fibres intimes dilatées à la pensée qu'une petite naïade au pagne rouge, tout à l'heure, a mouillé la pointe érogène de sa poitrine en fleur dans cette eau javellisée qui pue jusqu'ici.

2 heures et quart de la nuit

Je l'ai fait. J'ai nagé. Ventre, dos. Compté les étoiles. Il y en a soixante-huit, pas une de plus. Soixante-neuf avec la lumière allumée dans la chambre de Sibylle. Nord-sud ou sud-nord. 69. Qu'est-ce qu'elle trafique à deux heures du matin ? Trouvé en sortant du bain les bottes de sept lieux de la Ginette à fanons. Elle met ça pour touiller dans les orties du torrent sans redouter le mortel pinçon des aspics à museau noir. Mis les bottes. Enjambé le fer forgé. Descendu la pente aux orties. Piqué plusieurs phalanges de ma dextre en arrachant Princesse Tam Tam au pinçon des museaux verts. Pas tout. Grand seigneur Tam Tam ai rapporté la chose en main propre à la petite blondasse qui veut m'entraîner sur sa pente, la pente naturelle de son pubis en fleur interdit aux plus de seize ans.

Honnêtement, j'espérais trouver la chambre Tilleul fermée à clé. Don't disturb. Honnêtement, je pensais n'avoir qu'une chance sur un millier de ne pas envahir le duo Nino-Sibylle, au meilleur de leurs ébats hyper ventilés. Honnêtement, ça nous aurait arrangés, moi et ma cervelle de malade, moi et mon couple marié, beaucoup trop marié. La princesse réduite à retourner jouer du tam-tam sur son lit d'orties, le mari sur son lit conjugal. Chacun son désir et les aspics sont bien gardés.

Elle s'est ouverte avec un grincement digne d'un film. Les jumelles dormaient, ces petits cœurs, le pouce de l'une au bec de l'autre. Et Sibylle ? J'y viens. Ah Sibylle. Elle aussi dormait, en chien de fusil, la lampe de chevet allumée dans les bras, un stylo-bille à la main, le bout du nez sur une feuille de papier griffonnée.

Mon petit papa. Tu vas être furieux, je sais. C'est bien fait pour toi. J'ai rencontré un garçon à la Maison des Mineurs. Un Italien. Il s'appelle Nino. Nous nous aimons. Cette année il vient faire ses études à Paris. Pour la pilule, je verrai ça avec maman. Remarque on peut s'en passer. D'ailleurs…

« D'ailleurs » plongeait en vrille, sans doute hypnotisé par l'œil concupiscent du marchand de sable, le plus vicelard des fils de Priape. Glissé Tam Tam sous l'oreiller. Parti proposer la botte à Claire. Botte refusée, et si j'ose dire manu militari. Quelle plaie, ces vacances. Plus que trois jours à tirer. Rien d'autre à tirer.

2 heures trente
Claire me dit : c'est aussi merveilleux qu'au début.

4 heures de la nuit
Imaginez. Je m'assoupis, la fièvre retombe. Un léger bruit. J'ai toujours peur qu'une bête arrive par la terrasse et me choisisse pour édredon. Un homme à poil, après tout, pour un loir, c'est peut-être un sandwich ? Je respire une odeur agréable, indéfinissable sur le moment. Ciel étoilé, grande ombre du massif montagneux, chaise longue et table sur la terrasse. Je me rendors. Imaginez. À travers mes cils je vois une ombre blanche, des yeux lunaires. Sibylle est blottie au pied du lit, baignée d'une pénombre féerique, elle me caresse la main. Je feins un endormissement

réel, le temps suspend son vol. Je rêve. Hallucination du premier sommeil. J'entends jouer les rotules de Sibylle à genoux sur le plancher, je l'entends respirer. Ce sont maintenant ses lèvres qui me touchent la main, s'ouvrent dans ma paume et la mangent de baisers. Je ne savais pas que des baisers sur la main pouvaient monter le long du bras et rayonner dans les glandes salivaires en un tel bouquet. Je ne savais pas que l'on pût désirer le désir d'une fillette sur le lit même où votre femme dort et vous aime en dormant, vous protège en dormant. Je ne savais pas qu'au plus fort du désir, le danger procurât un tel sentiment de confiance et de sérénité comme il n'en existe jamais en plein jour. Je ne savais rien avant cet instant, avant que cette gamine irradiée de chaleur vienne à moi. Avant cet instant je faisais l'amour à la plus offrante, j'étais le futé mécano des prestations standard échangées avec le corps de la non pareille, le serrurier du plaisir de la femme, un sale petit braqueur agitant le trousseau des sésames à s'envoyer en l'air. Tire la bobinette, serrurier, tire-la bien, la chevillette cherra. Imaginez. Les yeux fermés je touchais son visage, je lui caressais la langue, les dents, je palpais la chair de sa bouche, le dehors, le dedans.

Elle s'est envolée. J'avais rêvé? Pas question d'être seul, d'ouvrir les yeux sur le chromo d'un ciel de nuit tout juste assez grand pour héberger les constellations.

Imaginez l'inimaginable, il s'est produit. Une goutte chaude a frappé mes lèvres, j'en ai frissonné jusqu'aux orteils. Une larme, une autre larme. C'est en pleurant silencieusement que Sibylle m'a fait un premier baiser d'amour, un bras autour de mon cou. Que faire ?... J'entrouvre la bouche et laisse larmes et salive mêlées couler entre mes dents, je déglutis son chagrin. C'est elle qui m'embrasse, m'enlace, pas moi. C'est elle qui me donne la menue becquée d'un baiser brûlant. Je suis un irréprochable petit mari embrassé malgré lui pendant qu'il dort. À peine si je me repousse insensiblement vers Claire pour inviter Sibylle à venir au lit. Laisser faire ce n'est pas agir, ce n'est pas brusquer, violer, attenter. Laisser un baiser suivre son cours est une bonne action. Imaginez combien de temps peut durer un baiser quand il entre dans votre bouche et se sent chez lui.

5 heures du matin

Le jour se lève, la montagne rosit, je suis sur la terrasse en peignoir. Sibylle est toujours au lit avec ma femme. Charmant tableau. Terrifiant mais charmant. Je vais peut-être aller réveiller la gamine. Et reprendre ce baiser où nous l'avons laissé il n'y a pas cinq minutes. M'est avis qu'il ne finira jamais. Et si Claire s'en aperçoit, eh bien quoi ?

XV

Jadis, quand les orages fulminaient à la saison chaude, les couples s'engueulaient, s'étripaient. Ce n'était pas des noms d'oiseaux qui volaient, mais les quatre vérités d'un amour impossible, après la bataille, à raccommoder. Chez les mineurs de l'Oudoule aussi, l'orage a cette influence à tout casser qui suspend le corps tuméfié des épouses aux fils barbelés du grand chemin, ou perfore le ventre mollasson des maris à coups de ciseaux.

Le jour qui suivit, sous un ciel houleux qui vira au plomb dans la matinée, nous mit au bord de la rupture ma femme et moi et nous y laissa.

Tout commence à la piscine, quand Sibylle à dada sur les épaules de Nino nous défie Diane et moi de la désarçonner. L'entrecuisse de Sibylle hilare contre la nuque du petit rital. Scandaleux, une abjection. Non, j'ai dit, jeu stupide. Diane me supplie. C'est non, trop dangereux.

— Trop vieux, lance Claire de sa chaise longue.

— Allez, papa.

— Non. Nino n'a qu'à vous porter à tour de rôle.

– Il faut deux chevaux, papa.

– Je ne suis pas un cheval.

– Ça c'est bien vrai, ricane Claire.

– S'il te plaît, papa.

– Papa t'a dit non, chérie, n'insiste pas, il a peur du ridicule en face de Nino.

– On s'en fiche de perdre.

– Et moi j'en ai ras le bol de tes caprices de fille à maman. Si tu veux un cheval il y a ta mère, c'est la reine des juments.

Je sors de l'eau et me jette sur un matelas, vexé comme un pou. Claire me tombe dessus.

– Tu as pété un câble ? Faut te faire soigner, mon vieux, ou rester chez toi.

– Ta gueule, jument !

Je vous jure que ce ta gueule n'a rien de prémédité. Il est bien tard pour le ravaler. Je n'ai plus qu'à m'excuser.

Claire ne m'en laisse pas le temps, elle est décomposée :

– Qu'est-ce que tu as dit ?

– Ça se lave, les oreilles. Accessoirement j'ai dit : ta gueule. Et je peux même le répéter plus fort : ta gueule jument. Avec une variante : TA GUEULE LA VIEILLE JUMENT.

Silence de mort autour de nous. Les jumelles nous regardent avec horreur. Elles n'ont jamais entendu leurs parents s'engueuler. Je n'ai qu'une envie, dans ma folie, c'est d'embrasser tout mon petit monde en implorant pardon.

– Tu n'es décidément qu'un sale connard, mon pote. Tu veux ma main sur la figure ?

— Fais ça, et je te démonte la gueule.

Claire se lève et s'en va, me piétinant au passage. Une semelle de tong m'écrase le nez, j'en pleure.

Elle revient sur ses pas, se penche vers moi :

— Toi, gros lard, tu vas finir tes vacances tout seul et la vie sans moi. Et accessoirement, comme tu dis…

Elle marque une pause et me chuchote à l'oreille :

— J'ai un amant à Paris, désolée. J'attendais une bonne occasion pour te l'annoncer. Tu es libre.

Elle part, les filles lui emboîtent le pas. Zeus se racle la gorge au fond du ciel noir, des gouttes explosent à la ronde avec une odeur de poudre à canon.

Un amant, Claire… Oh je sais vous pensez qu'un aveu pareil au détour de l'orage imminent désérotise instantanément la chair de la plus sensuelle et que Sibylle ne m'intéresse plus. Détrompez-vous. Mon cœur bondit : Claire, un amant, je suis libre.

Nino a filé, Sibylle est allongée dans un transat sous les bougainvillées, lisant la nouillerie *Gossip Girl*. Le soleil joue sur ses lèvres. À ses pieds son portable brille, me fait de l'œil. Je balance un texto, le premier : MERCI POUR LE MERVEILLEUX BAISER. JE T'AIME

J'efface JE T'AIME.

Envoi. Ricochet du texto sur le satellite GSM, retour au sol, « plop » de l'impact. Sans lâcher son roman, Sibylle tend un bras nonchalant vers l'appareil.

Réponse : Quel baiser ?

Je comprends tout. Elle m'a piégé. Je suis tombé dans le guet-apens d'un baiser canular. C'est un jeu de rôles concocté par son rital. Le dindon c'est moi, l'appât c'est elle, l'étalon c'est lui.

Je vous vois venir, vous les conseilleurs, vous qui ne dépensez jamais un centime de trop, ni ne tirez le moindre coup dont vous pourriez rougir en famille. Je vous vois venir, les becs enfarinés, je vous reçois cinq sur cinq. Il est des tentations qu'on tue dans l'œuf, un père de famille les tue. Et s'il a vraiment trop chaud, il s'arrime une vessie de glace autour du pénis. Ou il se brûle la cervelle. Un moment de folie ? Un père de famille n'a pas le droit à la folie.

Si tu t'es dit : on n'est pas de bois. Si tu t'es dit : on n'a pas à accepter le monde tel qu'il se présente à nous, tous ces trucs. Si tu t'es dit : on passe l'existence entière à laisser les autres juger, nous déclarer victimes, héros, salauds. Si tu t'es dit : c'est moi qui décide, pas eux.

Si tu t'es dit : je pars dans trois jours, j'ai trois jours devant moi. Si tu t'es dit : la primeur de sa virginité, le pur orgasme enfantin, celui qu'elle emportera dans la tombe à cent cinquante ans. À mort si tu t'es dit ça. À mort si tu t'es dit : la vie l'a placée sur mon chemin.

Je ne l'ai pas touchée.

Tu l'as embrassée.

Elle m'a embrassé. J'avais la langue immobile.

Tu as ouvert la bouche, tu as bu sa salive.

Pour ne pas étouffer.

Tu bandais.

Non.

Si. Tu l'as fait monter dans ton lit pour mieux la flairer. Ta femme à gauche, la gamine à droite. Tu l'as serrée contre toi, vous ne faisiez plus qu'un.

Une merveille.

Et cette nuit tu remets ça. Cette nuit tu vas déraper dans les mots en pente, et le geste suivra la voix. Et tu penseras qu'il n'est rien de plus divin sous les étoiles.

Je ne penserai rien.

Non.

Rien de plus divin qu'un vieux baiseur de retour au lit avec une jeunesse, tu penseras ça.

Non.

De plus divin que laper ce corps virginal embaumé d'excitation…

Non.

Oui, le corps d'une fillette, elle s'appelle Sibylle, elle pourrait s'appeler Diane ou Chloé.

Merde à la fin.

— Michel, tu dors ? ne reste pas là, tu es en train de cuire.

Claire me fait un baiser sur la nuque. Désolée, mon chéri, je n'aurais pas dû te traiter de vieux publiquement. Ça t'a vexé. Tu m'as traitée de vieille et ça m'a vexée, on est quittes. Je ne veux plus que les jumelles nous voient nous disputer. Et cette pauvre Sibylle en bave assez comme ça... Mais non je n'ai pas d'amant. Maintenant lève-toi. Nous avons promis un pique-nique au village fantôme.

– Qui vient ?

– On est entre nous. Nino emmène Sibylle à la rivière. Dis donc, ces deux-là.

Amarines est à une heure de marche. On ne croise pas âme qui vive en route. On suit un chemin muletier à travers les oliviers et les ronces, on cueille des mûres. On traverse un pont branlant sur la Roudoule. J'ai porté Diane, j'ai porté Chloé, j'ai porté le sac, j'ai porté Claire pour franchir une flaque de boue noire où juste avant nous batifolait une smala sanglier.

J'étais sur les rotules en arrivant là-haut. On s'est posés près d'un lavoir débordant de pommes blettes, au bas du village où des paysans rigolards, des chevaux, des vieux alignés au frais d'un platane, un curé songeur devant son église, des gosses à la sortie de l'école aux carreaux intacts, des filles à genoux au lavoir et des joueurs de boules brillaient par leur absence et nous regardaient sans nous voir déballer nos petites pizzas et nos fourrés au jambon, nous les vivants, les natures inquiètes.

– Et le rosé ?

– Franchement, par cette chaleur... Il y a du Coca.

— Il n'y a pas de rosé ?

— Tu peux t'en passer, non ?

— C'est une blague, Claire, tu as oublié le rosé ?

— Ça te fera le plus grand bien de boire du Coca.

— Parce que c'est toi qui décides ce qui est bon pour moi ? Et tu crois que je vais boire ta piquette pour obèses ?

— Il n'y a que ça, poivrot.

— Traite-moi encore une fois de poivrot, pour voir.

— Et tu fais quoi, pochetron, si je te traite de poivrot ? Tu as une réaction d'ivrogne ou de vieux soûlard ?

En temps normal j'aurais éclaté de rire.

— Ciao, Claire.

Rassemblant mes rotules en vrac je suis parti. J'ai entendu crier dans mon dos :

— Vas-y, boit-sans-soif, va boire, c'est ce que tu as de mieux à faire.

J'ai pressé le pas. Elles n'avaient pas besoin de moi pour redescendre à l'auberge. Un vrai toboggan, ce chemin. J'étais encore à temps pour déjeuner sous le patio. J'avais envie d'être seul, d'oublier ce fichu texto : QUEL BAISER ? Dans moins d'une semaine ça serait du passé. Après quelques ti-punch ou tequila-paf me remettraient d'aplomb. Je ne dirais pas oui, je ne dirais pas non, je laisserais l'oubli faire son œuvre et je rentrerais à la maison guéri. Ce n'est pas tromper qu'oublier un mauvais rêve à l'ombre d'un fuseau horaire extérieur au temps qui passe.

Je soliloquais en marchant. J'apercevais l'auberge en contrebas, la piscine au milieu des bougainvillées. Ridicule, vue d'en haut, méprisée par ce paysage aux coloris tant de fois millénaires, usés à même la nuit des temps.

J'ai franchi la passerelle d'Amarines et l'air a fraîchi au-dessus du torrent. L'eau cascadait à travers les roches, s'immobilisait en vasques miroitantes, et recascadait en fumant dans l'azur.

Ce n'est pas la beauté du panorama qui m'a figé de stupeur. Qu'il fût aussi beau qu'avant les Prophètes, je m'en foutais. Courbé tel un Sioux je suis allé m'embusquer derrière une grosse roche coiffée d'un sapin décharné. De l'autre côté, sur une dalle à l'ombre, un couple dissimulait son bien-être aux regards d'autrui.

Le couple originel.

Sibylle.

Nino.

Vous avez déjà vu des chats faire l'amour? Pensez-y. C'est un miracle d'harmonie. J'ai contemplé ça par un après-midi caniculaire, deux amants chats se donnant du plaisir comme les humains, sur le sol poussiéreux d'une grange. Une seule et même boule de fourrure ondoyante se creusait et s'enflait dans la pénombre avec une souplesse électrique de méduse. Elle s'ouvrait par instants, et grand seigneur le chat se retirait pour donner sa pointe à lécher à la chatte qui s'affalait docilement et lui léchait la pointe en clignant des yeux. Rose gencive la langue, rouge corail la pointe gorgée de sang. Puis la boule se reformait et tourne-boulait dans la poussière, boule d'orgasme latent. On aurait dit que le chat prenait son temps avant d'éjaculer, qu'il en savait long comme l'instinct sur la jouissance partagée qui vous égale aux dieux des corps et des âmes. Assis bouche bée sur ma bicy-clette, je commençais à transpirer en contemplant ces bienheureux. Je mets au défi quiconque de ne pas être ému violemment par la vue d'un semblable numéro d'intimité.

Le portable a vibré dans mon short :

– Papa, on est derrière toi, sur le pont. Arrête de bouder et viens porter le sac, maman a des ampoules.

XVI

Jeudi 12 (4 heures de la nuit)
Je pue le vomi.
Participé à la nuit des Perséides avec les jumelles.
Claire est allée se coucher au bout d'un quart d'heure.
Ce n'est plus de mon âge, elle a dit. Comme si les
étoiles étaient de petites mémères qu'il convenait de
laisser papoter entre elles. Le jeu consiste à s'allonger
en pleine nature et à guetter les météores. On peut
les espérer vers minuit. Un lâcher d'étoiles filantes
à partir de la constellation tardive de Persée. On les
compte, on fait des vœux. Plus on en fait, plus on a
gagné. À trente-six on est déclaré vainqueur.

Les jumelles avaient dressé une tente au milieu du
pré, devant l'auberge. Après la belle étoile, le dodo
bien mérité du chercheur d'or. Autorisation paren-
tale, absolument.

D'abord on a cherché l'or filant des ténèbres, on
a formé une étoile de mer à trois branches, on se
touchait les pieds. Je n'ai pas attendu qu'un asté-
roïde incandescent me crève la rétine pour imaginer
des vœux. Primo : ne plus jamais, au grand jamais,
retomber en enfance au contact d'une fillette mon-

*tée en graine. Deuxio : fermer au nez des rôdeurs
la fenêtre de la terrasse pendant la nuit. Troisio :
réembrasser ma femme sur la bouche, chose que je
n'ai pas faite depuis mon voyage en Australie. À
quand remonte le dernier patin, bon Dieu ? Diffi-
cile à dire. Probablement son anniversaire, le jeudi
7 mars. Tirer la langue à l'intérieur de sa bouche m'a
paru une gageure. Plus facile de tirer un coup sans
amour que d'embrasser sans désir.*

Une étoile m'a filé sous le nez.

*— J'espère qu'on a fait le même vœu, a chuchoté
Sibylle.*

*Je ne l'avais pas entendue s'approcher. Je la croyais
au cinéma avec son Milanais. Elle m'a pris la main,
elle s'est allongée entre Diane et moi :*

— C'était quoi ton vœu ?

— Si on le dit ça ne marche pas.

*— Moi c'était toi. Tiens encore une étoile, encore
toi. Et toi ?*

*Je n'ai pas répondu comme j'aurais voulu. Le moi
jaloux s'est interposé :*

— Et Nino ?

— C'est mon roudoudou.

*Le moi paternel s'est raccroché aux branches, il a
coassé :*

— Alors, les jujus, ça vient ces météores ?

— Arrête de parler, a dit Chloé, tu leur fais peur.

*— Arrête de parler, m'a soufflé Sibylle à l'oreille,
arrête de fuir.*

*Elle s'est redressée, m'a fait de petits bisous poin-
tus comme des museaux. Et sur mon avant-bras j'ai
senti vivre la douceur de ses seins.*

J'ai vu rouge, tout d'un coup. À mon tour je me suis redressé, je lui ai parlé à l'oreille. Je lui ai dit de foutre le camp. Je l'ai traitée de tous les noms. Si tu continues, je dis aux jumelles que tu dragues leur père. Je leur dis que je t'ai vue coucher avec le rital à la rivière et que tu veux aussi coucher avec moi, et j'écris à tes parents…

Elle n'a pas demandé son reste, elle s'est tirée en pleurant.

Je n'ai plus vu filer une seule étoile ni fait un seul vœu. Une chaudasse, moi je vous le dis ! J'ai reformé l'étoile avec mes filles.

Plus tard je les ai bordées sous la tente, j'ai assassiné deux trois moustiques et mis le portable en veille entre les duvets. Je suis rentré à l'auberge et quelque chose m'a semblé pittoresque en arrivant. Le néon du bar était allumé dans la grande salle inutilisée pendant l'été. Il y avait une bouteille de pastis vide couchée sur le zinc. En allant voir, et comment dire mieux, ou pire, j'ai trouvé Sibylle étalée dans son dégueuli au pied du comptoir. Elle faisait un peu plus que dormir, d'après moi, défoncée d'alcool, au bord du coma. Je l'ai hissée sur mon dos et ramenée à la chambre Tilleul. Je l'ai collée tout habillée dans la baignoire et douchée à l'eau froide. Elle délirait, vomissait. Je lui ai retiré ses vêtements sales, son débardeur, son bermuda. Je l'ai entièrement dénudée, je l'ai lavée, savonnée. Elle pleurait, une main sur le pubis, un bras sur la poitrine. Je lui ai passé mon tee-shirt et je l'ai mise au lit. Elle s'accrochait à moi. Elle geignait qu'elle n'avait *jamais couché avec Nino, qu'il était gras et moche, et que d'ailleurs il ne s'intéressait pas aux filles. J'ai fini par regagner ma chambre et mon odeur a réveillé Claire.*

— Sibylle est malade.

— Tu es sûr que ça va ? Tu n'aurais pas dû la ramener ici ?

— Pour qu'elle nous dégueule dessus !

— Tu es un type étonnant, quand même, avec tous tes défauts. C'est un père comme toi qu'il lui faudrait. Je suis fière de toi, Michel. Si tu vas te laver tu ne le regretteras pas...

Et c'est vrai, je ne l'ai pas regretté. Notamment pour un motif impubliable. Une grande première.

XVII

À huit heures Sibylle dormait paisiblement.

À neuf heures je trouvai une enveloppe à mon nom sur son oreiller.

Mon petit papa d'amour,

Tu vas être furieux, je sais. J'ai rencontré un gar-çon à la Maison des Mineurs. Un Italien. Il a quinze ans, il s'appelle Nino. Nous nous aimons. Cette année il vient faire ses études à Paris. Ce sera plus facile pour nous deux. Pour la pilule, je verrai ça avec maman. D'ailleurs on peut très bien s'en passer. Et tu sais, mon cher papa, il ne s'appelle pas Nino. Il n'est pas italien. Il a trente ans, quarante ans, cin-quante ou davantage. Ça m'est bien égal. Je l'aime depuis le jour où il m'a donné son chewing-gum à travers le grillage du tennis, à Bois-Colombes, quand j'avais neuf ans. Je l'ai gardé. Je m'en sers comme marque-page. Cet homme a besoin de moi. Je l'aime et quoi qu'il prétende, il m'aime aussi. Et quoi qu'il fasse je continuerai à l'aimer. Il veut que je m'en aille alors je m'en vais, et ça ne changera rien à mes sentiments, rien à la suite de notre histoire. Un jour

il m'aura tout à lui, je me ferai si petite entre ses bras
qu'il m'emmènera partout avec lui...

À dix heures je lui avais bien envoyé quinze SMS auxquels elle n'avait pas répondu. Et je l'avais appelée tant et plus, en vain. Appels au secours, à je ne sais pas quoi.

À midi le téléphone sonnait à la réception. L'hôpital de Puget. Les pompiers venaient de remonter du ravin une bicyclette et le corps d'une adolescente en tee-shirt orange. Elle avait dû rater le virage. Un individu normal serait mort après un tel plongeon, quarante mètres d'éboulis et de racines. On l'avait trouvée gisant dans la rivière, de l'eau jusqu'au menton. Une chance que le niveau fût au plus bas en cette saison. Elle avait survécu à la chute, évité la noyade. Elle s'en tirait avec deux fractures à la jambe droite, plusieurs côtes fêlées et une pagaille d'éraflures sans gravité. Pourquoi elle avait quitté sa chambre ? Pourquoi cette escapade matinale à huit kilomètres de l'auberge ? Pourquoi cette chute incompréhensible ? Personne n'en savait rien.

— Un coup de blues, a dit Claire, c'est horrible. On descendra la voir cet après-midi. Qui prévient les parents ?

— Je m'occupe de la mère.

L'après-midi, rien ne s'opposant au transport de Sibylle en ambulance, le père la faisait emmener à Nice où il séjournait à l'hôtel Negresco, ayant annulé ses belles vacances outre-mer après la querelle avec sa fille. Ensuite ils iraient à Venise et sans doute à Capri, pour rentrer à Paris fin août.

Un mois plus tard, les téquila-paf et autres ti-punch avaient coulé sous les ponts lorsque je reçus le plus long texto de toute ma vie. Il pouvait être une heure du matin, j'étais passé dans mon bureau chercher ma montre et sur la table mon cellulaire a vibré :

SAIS-TU POURQUOI J'AI RATÉ LE VIRAGE ? PARCE QUE J'AI SUIVI UN PAPILLON. IL TE RESSEMBLAIT. IL NE SAVAIT PAS OÙ IL ALLAIT. J'AI VOULU T'APPELER DU RAVIN. MON PORTABLE ÉTAIT TOMBÉ DU BERMUDA. JE LE VOYAIS SUR UN CAILLOU MAIS JE N'ARRIVAIS PAS À L'ATTRAPER. QUAND IL SONNAIT J'ÉTAIS SÛRE QUE C'ÉTAIT TOI. UN CRAPAUD EST MONTÉ DESSUS. LORSQU'IL VIBRAIT LE CORPS DU CRAPAUD VIBRAIT ET SES YEUX S'ÉCARQUILLAIENT. IL TE RESSEMBLAIT LUI AUSSI. JE LUI AI PARLÉ COMME S'IL ÉTAIT TOI. IL SAIT QUE TU ES À MOI ET QUE TU SERAS TOUJOURS À MOI, N'EN DOUTE JAMAIS. J'ATTENDS TON APPEL, JE SUIS LÀ.

Yann Queffélec
dans Le Livre de Poche

Les Affamés   n° 30800

« *Les Affamés* sont tous ceux que je fus ou m'ima-
ginais devenir autrefois – gosses rêveurs, menteurs,
casse-cou, voyeurs, adolescents violents, trouillards,
généreux –, trop seuls pour avoir quelque chose à donner ou trop avides pour être attirants. Ils n'obéissent
qu'aux lois du désir, ne cherchent que l'amour, la
proie, tour à tour innocents, pervers, dépravés. Héros
enfantins, ils ne seront jamais tout à fait grands ni
satisfaits. Avec *Les Affamés* je revis bien des erreurs
que j'ai faites pour ne plus être un insatiable paumé.
Mais la jeunesse – le bel âge à vif – est un climat dont
on ne réchappe pas toujours, et dans ce cas une fata-
lité. » Y. Q.

L'Amante   n° 31128

Paris, 1969. Marc Elern a dix-huit ans. Il vient
de perdre sa mère. C'est dans un état second qu'il
passe le bac, partagé entre la douleur et la passion
qu'il éprouve pour Alba, une jeune infirmière qu'il

épie dans l'immeuble qui fait face au sien, fenêtre dans la nuit. Mais, éjecté du jardin vital de l'enfance, Marc est perdu. Le deuil va faire de ce jeune homme inachevé un amoureux chronique. Après Alba, il s'éprend d'Aline, trente-huit ans, divorcée – une jolie maman. Ils veulent fonder une famille à eux, mais Aline ne tombe pas enceinte, et, détaché d'elle physiquement, Marc finira par la quitter. Il erre ainsi d'une femme à l'autre, d'un âge au suivant, enfant toujours en quête du paradis premier. Toujours en quête du grand amour…

L'amour est fou   n° 31243

Et si Alba revenait ? C'est la question que pose Aline à Marc, en tremblant. Elle a quarante-deux ans, Marc, vingt-cinq, ils s'aiment, veulent un enfant. Lui-même est encore un enfant pour qui l'avenir n'est qu'un jeu virtuel, un passe-temps. Marc, c'est un peu mon double, mon âme damnée, dans une autre vie. Il a perdu sa mère à dix-huit ans, sa première femme. Il ne voit plus Cathy, sa petite sœur aveugle, il fuit Tim, l'éternel copain, il ne travaille pas. Il essaierait bien d'établir un dialogue avec son père, mais il est si peu naturel en face de lui. Alba, c'est la jeunesse de Marc, une ancienne petite amie, mais aussi la fille d'Aline. Elle a disparu depuis cinq ans sans motif apparent. Il se passerait quoi, si elle revenait, dans le cœur de Marc ? Elle appelle un matin. Tu m'as manqué, dit-elle. L'amour est fou.

La Dégustation
n° 31046

Michel croit encore à l'amour et à son pouvoir de transfiguration quand, à cinquante ans, il épouse Ioura, vingt ans. Il a un secret, mais elle aussi. Il est éditeur, propriétaire d'un beau domaine viticole au-dessus de Nice. Elle est œnologue, romantique, et déguster à l'aveugle lui délie la langue. Mais l'art du vin, la beauté des mots qu'il fait naître ne suffisent pas à repousser la mémoire, et quiconque espère abolir son passé par l'amour est condamné à le revivre.

Ma première femme
n° 30837

« Un homme revient sur son enfance – il est peut-être mon double, mon agent le plus secret. J'ai peut-être essayé, avec l'exploration d'un souvenir défiguré par les années, mais aussi régénéré par le roman, de dessiner pour la première fois le visage de ma mère à qui je dois d'aimer autant la vie. Aime et fais ce que tu veux : tel était son credo sur la fin. Et jour après jour, je puise un certain réconfort dans la pensée d'être son fils et de l'avoir si bien connue. Si bien ?… » Y.Q.

Moi et toi
n° 30568

Il est amoureux mais incapable d'aimer. Elle fait monter la pression atmosphérique, elle rend l'air suffocant. Ils connaissent tous les trucs du jeu mortel qui consiste, pour les époux, à se faire aussi mal qu'ils se font bien l'amour, jusqu'à ce que l'un des deux, tou-

ché, soit coulé. Il revient de loin, ce couple modèle,
et qui sait par quel aveuglement il se croit né sous le
signe du grand amour…

Le plus heureux des hommes   n° 31755

– On l'a tuée, dit-il au flic, cherchez-la. – Oubliez-la,
répond l'inspecteur, ou mieux trouvez-la : regardez-
vous dans les yeux… Anja la musicienne a-t-elle
quitté Julius, brillant prof à la Sorbonne et fils à
maman ? A-t-elle disparu le 27/03/07 ? Pour lui, son
mot d'adieu ne signifie rien. Pour Blaise, l'inspecteur auquel il confie ses craintes, disparaître est une
liberté légale, un usage courant. Julius n'en pense pas
moins. À trente et un ans, il dresse un bilan peu flat-
teur de son existence. Sa mère ? Frustrée, méchante.
Son père ? Il ne l'a pour ainsi dire jamais vu. Sa carrière ? Dépourvue d'action. Les amis ? Il en a si peu.
L'amour ? L'amour promet, l'amour ment, l'amour
s'en va. – Chacun d'entre nous est double, monsieur
Caïn, porteur d'un obscur jumeau dont il cherche à
se venger. Pour vivre. Essayer d'être heureux simplement. Vous y songez, au bonheur ?

MOI ET TOI, Fayard, 2004.
MA PREMIÈRE FEMME, Fayard, 2005.
LA DÉGUSTATION, Fayard, 2005.
L'AMANTE, Fayard, 2006.
TENDRE EST LA MER, La Martinière, 2006.
L'AMOUR EST FOU, Fayard, 2006.
LE PLUS HEUREUX DES HOMMES, Fayard, 2007.
TABARLY, Archipel, 2008.
LA PUISSANCE DES CORPS, Fayard, 2009.
ADIEU AU BUGALED BREIZH, Le Rocher, 2009.
LE PIANO DE MA MÈRE, Archipel, 2010.
LES SABLES DU JUBALAND, Plon, 2010.
LES OUBLIÉS DU VENT, Le Rocher, 2010.

Composition réalisée par DATAGRAFIX
Achevé d'imprimer en Espagne en novembre 2010 par
LITOGRAFIA ROSÉS S.A.
08850 Gavá
Dépôt légal 1re publication : décembre 2010
Libraire Générale Française – 31, rue de Fleurus – 75278 Paris Cedex 06

31/2224/9